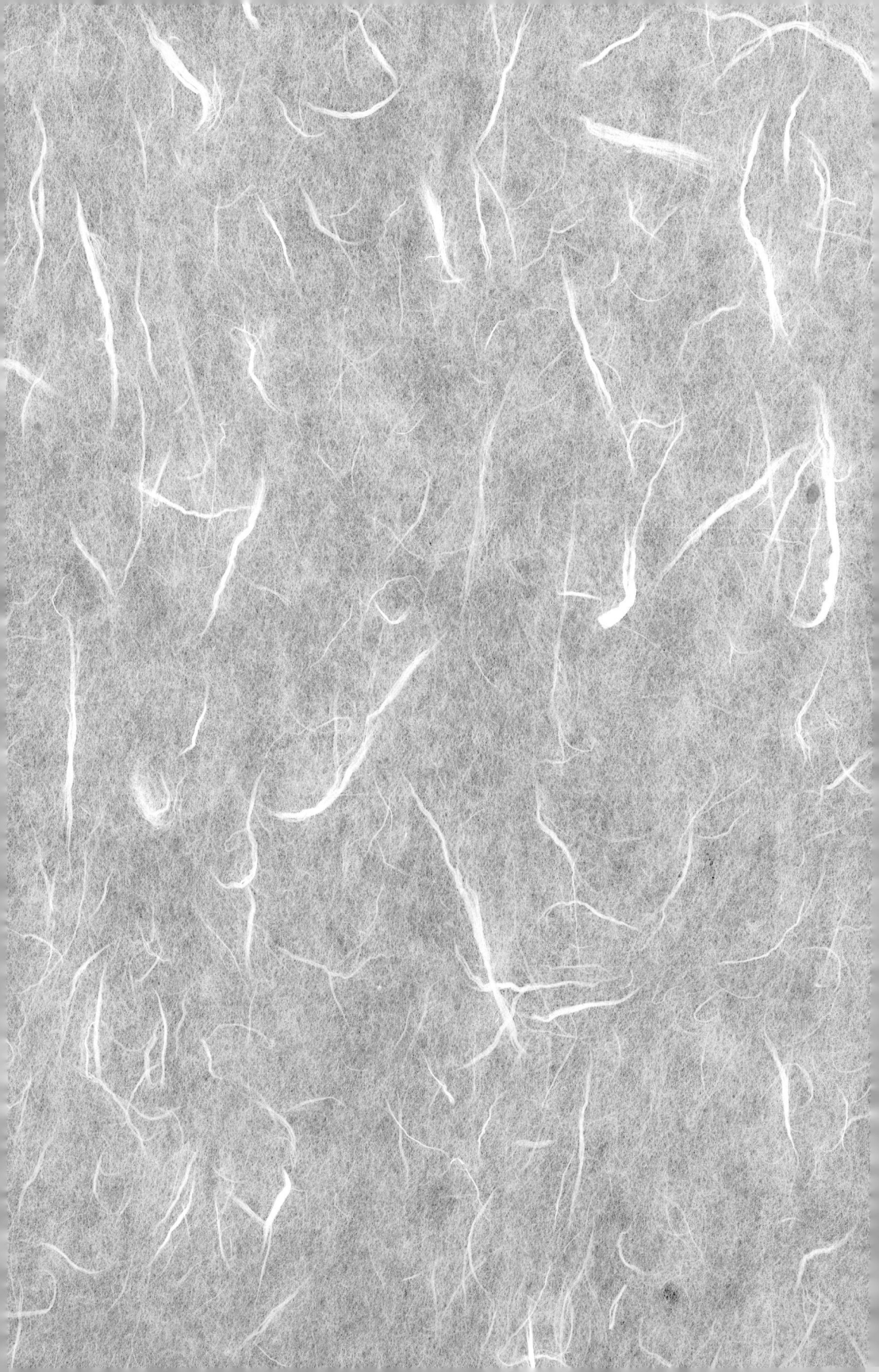

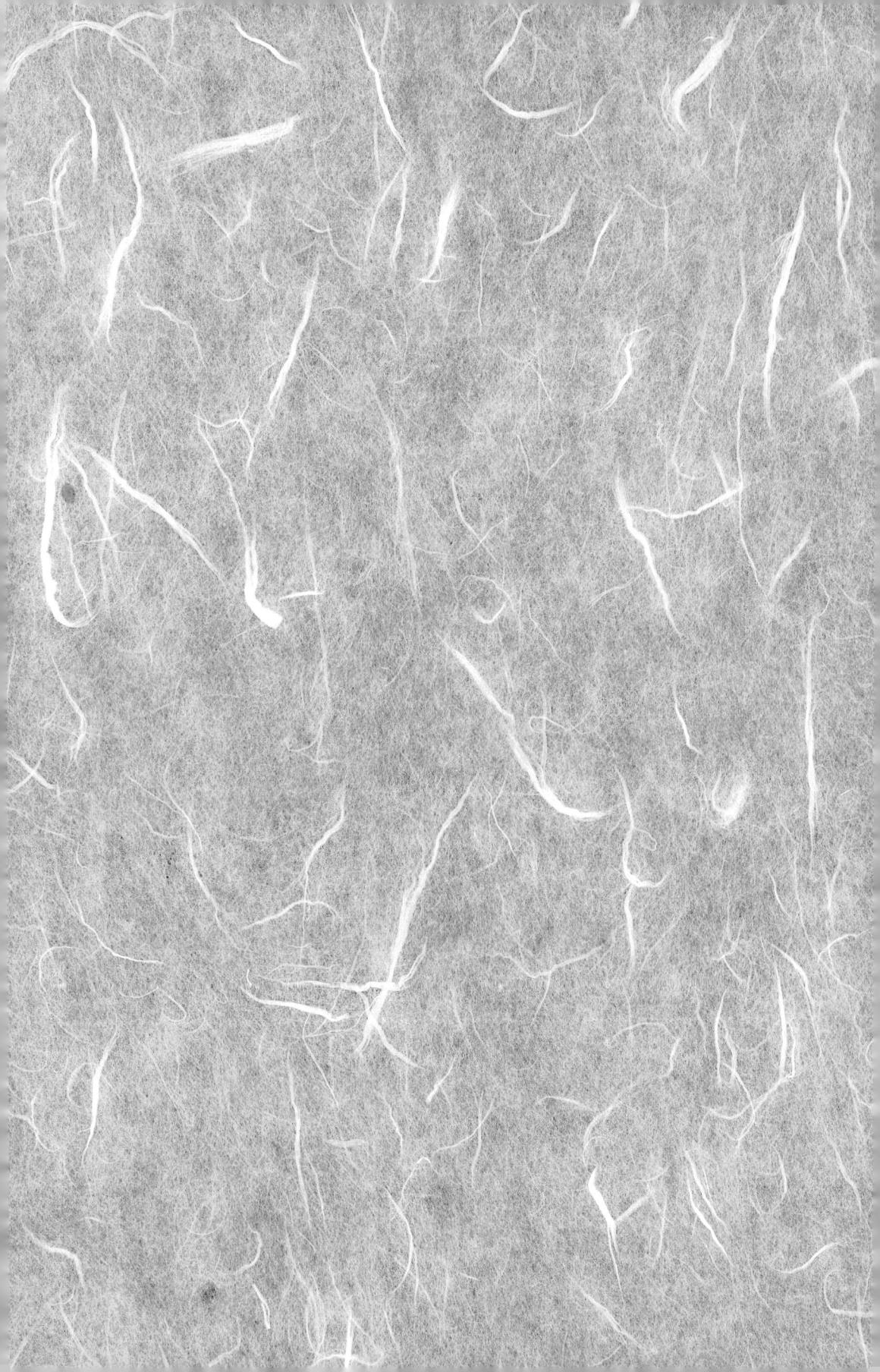

国家出版基金项目
NATIONAL PUBLICATION FOUNDATION

熊秉明文集

COLLECTED WORKS OF HSIUNG PING-MING

十

诗

主　编⊙叶　朗　陆丙安
执行主编⊙朱良志

时代出版传媒股份有限公司
安徽教育出版社

图书在版编目（CIP）数据

熊秉明文集. 十，诗 / 叶朗，陆丙安主编；熊秉明著.
—合肥：安徽教育出版社，2018.12
ISBN 978-7-5336-8777-9

Ⅰ.①熊… Ⅱ.①叶…②陆…③熊… Ⅲ.①熊秉明—文集②诗集—中国—当代 Ⅳ.①J-53②I227

中国版本图书馆 CIP 数据核字（2018）第 238982 号

熊秉明文集　十　诗
XIONGBINGMING WENJI　SHI　SHI

出 版 人：郑　可
质量总监：姚　莉
策划编辑：王竞芬
责任编辑：王竞芬
装帧设计：朱　锦　朱嫣然
责任校对：周骐睿　徐　宇
技术编辑：陈善军

出版发行：时代出版传媒股份有限公司　安徽教育出版社
地　　址：合肥市经开区繁华大道西路 398 号　邮编：230601
网　　址：http://www.ahep.com.cn
营销电话：(0551)63683012，63683013
排　　版：安徽时代华印出版服务有限责任公司
印　　刷：安徽联众印刷有限公司

开　　本：710×1010　1/16
印　　张：21
字　　数：260 千字
版　　次：2018 年 12 月第 1 版　2018 年 12 月第 1 次印刷
定　　价：126.00 元

文介绍给汉语界读者。文集中包括先生生平大量未刊稿，其中近半数文字，是根据先生手稿整理而成，第一次与读者见面。

北京大学美学与美育研究中心长期致力于重要艺术文献的整理研究，此次整理得到了熊秉明先生夫人陆丙安女士的大力支持与帮助，安徽教育出版社精心编辑出版，多方面力量汇集，使此书得以顺利出版。本书在整理出版过程中，参考了相关杂志和出版机构先行出版的成果，在此表示衷心感谢。敬请广大读者多提宝贵意见。

为了方便读者阅读，此次出版对若干译名，根据现代使用习惯，做了修改。文集中有些地方文字重复，为了保留先生手稿原貌，未做修改。

本卷文字说明

熊秉明先生是一位诗人。本卷收录了他的诗作，这些诗部分有时间记载，大多数未具时。所录之诗，除部分发表之外，大多是根据手搞整理，第一次与读者见面。

编辑委员会

出版说明

熊秉明先生（1922—2002），著名法籍华人艺术家、诗人，在雕塑和书法方面有精深造诣，同时是一位有重要影响的艺术理论家。

先生1944年毕业于西南联合大学哲学系。1947年考取公费留法，进入巴黎大学攻读博士学位。1949年专修雕塑。1960年在瑞士苏黎世大学教授汉语及中国哲学。1962年受聘于巴黎东方语言文化学院，曾任该校中文系教授、系主任。著有《张旭狂草》《中国书法理论体系》《关于罗丹——日记择抄》等著作。

先生兼融哲学和艺术，沟通东方和西方，对艺术有极敏感之体悟能力，生平著述具有广泛读者。此次编纂出版的十卷《熊秉明文集》，是先生除雕塑、书法作品之外的存世文字的合集，包括他的学术著作、随笔、读书札记等。其生平重要著述《张旭狂草》一书，第一次由法文译成中

没有理由
我在这里
没有理由
我寻找过理由
因为没有任何理由
我惶恐过
哭泣过
耸了肩笑过
弯了腰问过
问过
没有人能满意地答我

一个送葬的雨天
才把朋友的坟掩上了黄土
我听见他在冷风里说：
~~你和我和我们的理由埋葬了~~
知道吗
你就是你的理由
~~[illegible]~~
有你就有理由
有你之前没有理由
你死之后没有理由
我理由的没有理由

没有理由
我在这里
没有理由
翻越过山
漂航过海洋　穿过云
~~火车和船和飞机~~
我睁大眼睛观察过
弯了腰问过
没有理由
没有人能回答。
~~我在这里~~，
~~在这的荒野~~
哪里也不去
神说
有光
于是光在
有日
于是日在。
有月
于是月在
有人
于是人在……
有理由
于是理由在

我累极了，
坐在大树下
睡了。
大树悄悄地说
我一直在这里
你要问我理由么
我就是我的理由
我于是在
我于是生
我于是死
我于是风
我于是雨
我于是天地
我觉醒时
树斜映着晚阳
成熟的命中

大树早已回到
成熟的命里

春

春

春
花开了
我们都是花
浪漫缤纷里
开了

带着雪
花开了
我们
都是花朵
我们都是种子
連祖父也是
連祖父也是

春
带着雪
花开了
我们都是花
孩子是花
連祖父 老人也是花
都开了
娇艳
缤纷
迷漫

浪费的花
假装无知的腰肢

娇艳
地面翻地
地面缤纷

带着雪
花开了
我们也都缤纷地坐，

有分寸的浪荡
也翻翻里
娇艳
迷漫 烟地

颈子、肩膀
白皙的腿
都飞出篱来、
去追蝴蝶

调皮的风
假装无知

有分寸的浪荡
浪荡的色泽

月光里的故乡
月明了的故乡
故乡时的明月
故乡里的月光
什么时候起
赐你一片迷濛
乡 即是 月
月 即是 乡
迷迷 蒙蒙
望望 茫茫

泛满眼底
溢出眼外
光光亮亮 月月乡乡
圆了的月啊
月了的乡啊

在时间的那一头
在世界的那一头
孩子唱
月亮光
地上霜
在时间的这一头
在世界的这一头
举头 低头
满头霜
满眼的月亮
满脸的月光

姐姐
你还记得吗？
在月光里
你曾玲珑地望
床前明月光
疑是……真是
真是霜一样的月光啊
后面的两句呢？
我带着它们走了
走了半个世纪
走到没有鸣蝉
和过桥米线的地方
举头望明月
低头思故乡

缓
長调慢拍的黑水牛
慢調的水牛
搖着犄角的弧形
弹溅着红色的泥
漿的点滴打着尾巴
的節奏耕我的異鄉
的夢的的故鄉秧水
里 老家的

四節起落的輪唱
把碎銀的月光舂搗
成鮮桃色的曉陽

母亲来信说
我好 你好吗？
我给母亲回信
我好 你好吗？

月亮是苍白的
月亮不说话
故乡比月
更远一倍

我走
我跑
我停下来

我走
我跑
我停下来

孩子
你是干什么呀？

妈妈
月亮老跟着我

有一个古老的詩国
一个白发的诗人
拈一片霜的月光
凝成一首小诗
给所有的孩子们唱
一代一代地唱
会须一饮三百杯
老诗人捞月去了
小诗留在月光里悠扬
在故乡悠扬
在他乡悠扬

这是诗
这是一首诗
这是一首中国诗
这是中国孩子学的
第一首中国诗

大家跟我念
床前明月光 疑是地上霜
举头望明月 低头思故乡

熟麦的軟髮
海水的眼睛
比越女更白
讲很错乱的四声

太白 大概 大笑了

床前明月光
疑是地 上霜
举頭望 望 明明月
低頭 思故 思故 思故鄉

床前明月
是地上霜
举頭明月
低頭思鄉

床前光
地上霜
望明月
思故鄉

月光
是霜
望月
思鄉

月 霜 望 鄉

三个孩子到中国去了
两个大学生和一个中学生
只会说小学生的中文
　第一次见到北京的老祖母
　献上什么礼物呢？
别忘了背一首中国诗
　　床前　明月光
　　疑是　地上霜
　　举头　望明月
　　低头　思 思 思
全家人都笑了
九十岁的老祖母
笑出眼泪来
用宽的袖口揩着

灯光熄灭了，
月亮走到前台来，
照亮她们自己。

一切在半路途中，
一切在自己的手掌中。

等你们 灯光部
灯熄灭了，一切进入黑暗，
主角在黑暗中走到前台来，
主角是月亮，她照亮她自己，
她好像要让所有的眼睛去向她。
她仿佛很孤单
她仿佛很忧伤
她说
她只说 她们在等 黄昏
我们等待 等待得了，
困倦了，
她进入黄昏

月亮是主角
月亮是寂寞
她渴望去问人间。
困了
又醒了，
花儿落
憔悴了，

月光温柔的
是冰冷的
月光真实的
是虚谎的
温柔的真实
冰冷的虚谎

以及
真实的冰冷
温柔的虚谎
以及

圆了又缺了
缺了又圆了

月细细地在有和无之间
根只得
在月光里
嘹出
存在的蝴蝶
荒诞

月光柔和
又冰冷
月光明亮
又虚妄
在风树中
摇摇晃晃
从有细细到无、
从无细细地有
圆了圆了又
缺了缺了又

家書

昨天母亲来信说
我好
你好吗
我给母亲回信
我好
您好吗

二十年了
她只是这样写
我只是这样写
她只能这样
我知道她只能
我知道
她知道我知道
我知道她知道
我们究竟知道什么呢

母亲
我好
您好吗
孩子
你好吗
我好

给世運的中国選手

江萌

同時
在北京
在台北
在世界上
同样的电視節目
一个中国人
　又一个中国人
　　又一个中国人
走上領獎台
搖健兒的臂
笑勝利的笑
中国人的笑

同時
在台北
在北京
在世界上
同样的电視節目
引出来
北京人的眼淚
台北人的眼淚
中国人的眼淚
数不清
全世界 多少
中国人的眼睛在哭
心在哭

一九八四年八月三日

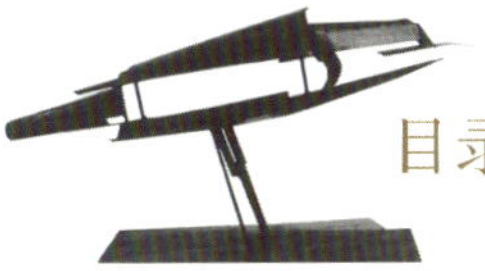

目录 | CONTENTS

001 爱活着

004 春 花

006 儿 子

008 没有理由

013 无 题

015 一口饮尽

018 老已将至

019 字

020 六 十

022 也 许

024 岩

026 阴 翳

030 春

034 石　榴

036 夏

038 笑的传染

039 风　筝

041 裁　纸

042 姐姐的故事

044 他不会再来了

046 飞去了

047 好笑的顽皮的泪珠

049 哑
——纪念八大山人

052 故乡的河

053 静夜思变调

076 床前明月光

092 展　览

115 最后的情诗

121 大自然是一座神殿

123 一杯水

124 看不见

126 了

128 变　化

130 了
——着

132 最美的

135 镜子说

136 给自己七十岁的生日

138 曾经　已经

141 阅　读

143 同　在

145 你没有说过

146 老先生
147 给我所未遇到的
149 我
152 让珍珠留在沙滩上
153 褐　色
155 数　字
157 自己的冬
159 乌　鸦
160 纪念寿观
163 弧　线
165 带着我的水牛
166 低头思故乡
169 存　在
171 深夜的雨
173 献　给

176 云　南

178 惊　异

180 终　于

182 带血的衬衣

183 月　照

185 蝴蝶（一）

187 蝴蝶（二）

190 蝴蝶（三）

192 冬　林

194 月光里的故乡

196 身体的女人（一）

197 身体的女人（二）

199 透　明

201 铺　开

202 给你这一杯水

204 家 书

209 苦

211 回 忆

213 苹 果

214 孩子说的

218 变

221 雪 亮

222 一杯水

224 归纳大地

227 风

228 给诗人

230 春、夏、秋、冬
——有、是、所以、在

238 不相识的形象

239 冬

240 无　题

242 捣　衣

244 一片纯白的羽毛

246 山　水

248 编后记

250 琴　键

252 好难的“了”字

255 给世运的中国选手

257 瞧

258 好　天

260 第一天

261 象　征

264 裸体的水

267 黝

272 教中文

274 黑板、粉笔、中国人

277 的（一）

278 的（二）

280 这儿和北京

282 写字（一）

283 写字（二）

284 写字（三）

286 写字（四）

287 珍 珠

288 指 路

290 背 诗
——增字静夜思和减字静夜思

292 信

293 心 肝

294 趋向补语
——给她

295 连　词
——和 CY 的对话

296 语气助词
——约会

熊秉明文集 十

诗

Collected Works Of Hsiung Ping-Ming

爱活着

耳鼓上击着
肉体的狂呼，
生命初始的
和最后的哭泣，
以及青春的奋飞，
以及壮年的阔步。
　　我要！
　　我要！
　　我要！

爱，要，
太阳在风暴中拉长，炽烧。

爱活着，

睫毛和泪水，

铁丝网和血。

并且希望，并且绝望。

并且绝望，并且希望。

给我快乐！

给我快乐！

给我快乐！

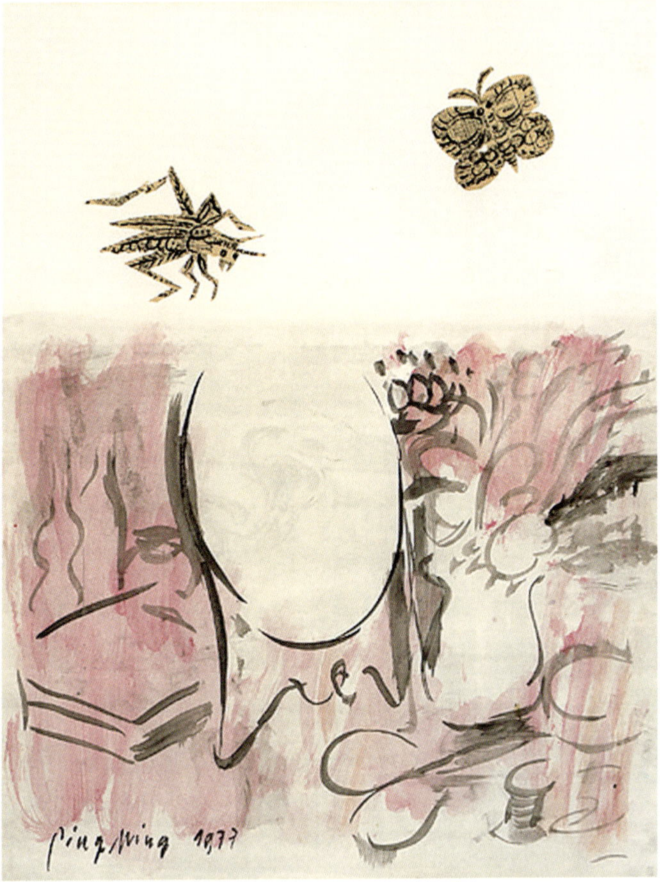

熊秉明《蝴蝶·蝗虫·镜子》

春　花

春花欢呼
山轻轻地敲着窗玻璃
归纳大地于
一只鸟
又从一只粉蝴蝶里
演绎出我及大地

夏已仲　已重
重得像怀孕的姑娘
一切都膨胀泛澜漫溢
湖水汲到门前了
水鸟溢出鸟声

鸟声溢出山外

人溢出自己

秋之上的

形上学的

秋的存在

悄寂　高旷　芬香而莹彻

证明我思

把现在冻结起来

把空间的广袤衬了白雪给我们瞧

于是可以见　观照　透视

每一株林木

的钢骨的

本质

儿　子

一九××年×月×日
天灰灰亮
刀光一闪
他的头
跳到离颈子
滚到六尺的地方
儿子的头
好儿子的头

母亲每天
天灰灰亮
刀光一闪

他的头又一次

跳起来

落下去

母亲的阵痛

老母亲的阵痛

天灰灰亮

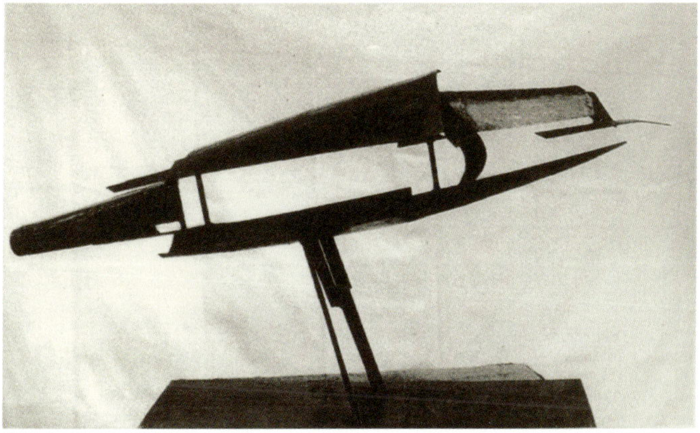

熊秉明《乌鸦》

没有理由

没有理由

我在这里

没有理由

我寻找过理由

因为没有任何理由

我惶然过

哭泣过

耸了肩笑过

弯了腰闪过

问过

没有人能满足地答我

一个送葬的雨天
才把朋友的坟掩上了黄土
我听见他在冷风里说
知道吗
你就是你的理由
有你就有理由
有你之前没有理由
你死之后没有理由
找理由的没有理由

没有理由
我在这里
没有理由
越过山
漂过水
穿过云
我睁大眼睛看过
弯了腰问过

没有理由
没有人能回答

神说
有光
于是光在
有日
于是日在
有月
于是月在
有人
于是人在
有理由
于是理由在

我累极了
靠在大树下
睡了

大树悄悄地说

我一直在这里

哪里也不去

你要问我理由么

我就是我的理由

我于是在

我于是生

我于是老

我于是风

我于是雨

我于是天地

我惊起时

树斜睨着晓阳

缄默在喻中

大树早已回到

缄默的喻里

熊秉明《投水》

无 题

是的，无题

要题做什么呢？

无题的云

欣然飘来了

无题的石头

伫立在山的巅顶

无题的人

在世间阔步地走

无题的云

欣然飘来了

而且去了

无题的石头

憩在山的巅顶

无题的人

在世间阔步地走

吴为山《行走的人——作为哲学家的熊秉明》

一口饮尽

一口饮尽
溶化在春天里的春之酰

一切都在溢出
溢出自己之外
花溢出叶外
鸟溢出林外
鸟声溢出鸟外
把一切可能变成
婚夜的红酒

在秋之上的形而上的

秋的存在

芬香而透澈

证明我思

把现在冷冻起来

把空间的广袤衬了白雪给我们看

抚摩每一样东西钢骨

的本质

弥漫溢出弥漫之外

夏的浓郁溢出浓郁之外

熊秉明《结婚》

老已将至

一切简化到三，到二，到一
并且透明
最后的架构
清茶色的月
热粥碗上的早雾
一句五言的山
贫乏是最高的奢侈
衣袖里放着
几粒珍珠
可以布施
并且奉赠

1985 年 63 岁

字

有的字是会爆炸的

有的字是甜的

有的字有毒有刺

有的字是挂在胸口给人看的

有的字是甜味的

有的字有刺

有的字有刀

有的字贴在脸上给人瞧

……

六　十

我想写

写很多很多

我想画

画很多很多

我想雕刻

我想歌唱

勤奋地　狂热地　火山地

……

我才知道

我是失掉了什么了——

黑发的日子

我想唱歌

我想画画

我想写字

我想舞蹈

我想雕刻

我想拥抱

我想有六臂

有千手

……

我才知道

我失掉什么了

黑发的日子

1982年9月

也 许

也许

有一天

他们把我写的这些

辑起来

题作“某某全集”

大概

有一天

他们把我写的这些

辑起来

题作“黑色资料”

"有我所不愿的在地狱

我不愿去！

有我所不愿的在天堂

我不愿去！"

熊秉明《鸽子》

岩

多难的大地
火成岩
水成岩

你啊
你在哪里

我啊
哭成岩
望成岩

眼也枯了

天也老了

爱成岩

恨成岩

熊秉明《中国土地》

阴 翳

一

阴翳孕育我们的生命

塑造我们的形象

贮藏我们的悲与欢

推我们

缓缓地

向光明

二

生来就有了罪了

我们竟不知道

双重的罪过啊

涂黑我们的童年吧

从此归入清白

自认是牛鬼蛇蝎吧

从此重新做人

三

晓阳的逼视下

白墙羞赧地泛红

院门开一条细的

微笑的缝隙

明天欢腾的婚礼

院门绽一条细的

笑意的缝隙

四

多少次我听说姐姐的身世

她是美极了

巧极的

慧极了

把她嫁出去二十天

她结束了自己的生命

才十七岁

从此人们分成了两个阵营

五

负心的大地

缄默的苍天

超自然的自然

非人的历史

将以超人的努力

使人变为人

六

以豪迈壮阔的手势

黎明宣告出发的时刻到了

纯种的骏蹄

将满怀信念

驰向不断诞生的大地吧

春

春

花开了

我们都是花

弥漫缤纷里

开了

带着雪

花开了

我们

都是花朵

我们都是小种子

连祖母也是

连祖父也是

春
带着雪
花开了
我们都是花
孩子是花
连老祖父也是花
都开了
嫣然
然而赧然
然而缤纷
有分寸的淫荡
淫荡的色泽
诲淫的风
假装无知

淫佚的泥

假装无知的暖风

带着雪

花开了

我们也都缤纷地笑

有分寸的淫荡

在羞涩里

嫣然

烟然

颈子、肩膀

白皙的腿

都飞出巢来

去逐蝴蝶

心跳了

花开了

我们都是花

孩子们是

老祖父也是

有分寸的淫荡

让荡妇也羞赧

不知道

是谁的婚仪

水也淙淙地

酩醉

石　榴

我们相信
外婆家的石榴
世界第一
好大的红宝石的榴子啊

“摘甜石榴去，
摘酸石榴去！”
外婆大声唤我们
“到了想吃石榴
偏不能吃的时候就太迟了！”
她指着没牙的嘴
呵呵地笑着

我走

我跑

我停下来

我走

我跑

我停下来

“你这是去干什么呀？”

妈妈问

“我要看月亮是不是老跟着我。”

夏

太阳不再化妆
把心烧到白热
摹仿我们的爱

天边的积云
白花花的
摹仿从棉桃里跳出来的棉花

太阳不再化妆
把心烧到白热
摹仿我们的爱

棉花从棉桃里绽出来

白花花的

摹仿天边的积云

“一二三！我们就一块儿喊。”

“好。”

“一二三！

杨振宁！出来玩！”

这是五十年前的

清华园西院

夏天的太阳里

几个孩子的声音

笑的传染

把玻璃窗

搔得吱吱地笑

苹果笑红了脸

跌在浅草里

草尖笑出七彩的泪珠

太阳探出头来

看是怎么一回事

原来她在擦玻璃

把玻璃擦得吱吱地笑

风 筝

我和风筝
风筝和我

不让微云走漏消息
我以密码
传给他讯号
他摆着翼
回我讯号

以绝对信赖的默契
我们紧密地合作
我们的图谋是

要把全宇宙

用一条线套住

裁 纸

裁纸的时候

纸边割破了指头

不祥的警告吧

有一天

这几张纸

会送我进牢狱去

送我到刑场去

姐姐的故事

我学说话的时候
祖父很老了
柚子树也老了
房子院子更老
假山边的芭蕉也好像是古画里的

只有姐姐的故事
每天是新鲜的
她的笑，她的黑辫子
她用五彩线绣的花朵
她煮的粥
煎的鱼，都总是新鲜的

我们不愿她嫁出去

有一天她嫁出去了
再没有回来

熊秉明《婚礼》

他不会再来了

瞧那边
是谁来了
是他吧
他一定累坏了吧
病倒了
枯朽得不成样子了
可苦了他了
现在他可以歇一歇了

不，不是他
他不会再来了

别哭

他不会再来了

别想了

他不会再来了

他不会再来

他怎么也不会再来了

飞去了

一枝短小铅笔

一张小纸头

写一首小诗

划一根火柴

红光里

一只灰蝴蝶

飞去了

撒着点点的火星

一只灰蝴蝶

飞去了

好笑的顽皮的泪珠

哭过也

笑过

人生是向晚的

晴空与淡云

高树挂着微风

又是晚饭香

伤心和欢心

都那么

远了

在世界的那一端

记忆的那一端

这里

悠然作晚饭的芬香里的客人

却又泛滥起眼泪来

是一枚洋葱的

作祟

好笑

流不完

擦了又掉下来

的

好笑的顽皮的泪珠

哑

——纪念八大山人

啊啊啊

哦哦哦

呃呃呃

哦哦哦哝哝

你看，哦哦哦

你听，呃哦啊啊

是哦哦

不是哦哦哦

啊？

哦！

嗯，

唉，

哼！

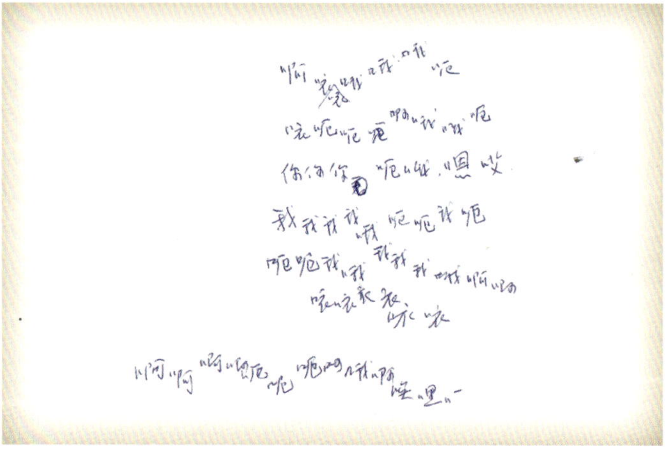

八大山人《葡萄鸟》

故乡的河

故乡的泥土是红色的
大河水
比红茶还酽
水牛泡进去
就不见了大半
我们跳进去
看不清自己的膀臂
洗衣煮饭都是这河水
来汲水的老刘放下水桶喊：
“回家吃饭了！”

静夜思变调

一 序[1]

大诗人的小诗

从椽笔的毫端落出来

像一滴偶然

不能再小的小诗

而它已岸然存在

它已是我们少不了的

它在我们学母语的开始

[1] 这小诗写于1971年，原来只有前阕。1972年收入《教中文》诗集里。这是我所珍惜的小诗，然而它几乎已经不是诗，然后它只能是诗。那时父亲受批斗折磨，故世不久，“抵万金”的家书就是这样的，封封是这样的。现在加了后阕，编入《静夜思变调》。

在我们学步走向世界的开始

在所有的诗的开始

在童年预言未来成年的远行

在故乡预言未来远行人的归心

游子将通过童年预约的乡思

　　在月光里俯仰怅望

于是听见自己的声音伴着土地的召唤

　　甘蔗田　棉花地　红色的大河

　　外婆家的小桥石榴……

　　织成一支魔笛的小曲

二

一个古老的诗国

有一个白发的诗人

拈一片霜的月光

　凝成一首小诗

给所有的孩子们唱

一代一代地唱
　会须一饮三百杯
老诗人捞月去了
小诗留在月光里悠扬
　在故乡悠扬
　在他乡悠扬

三

祖父的老花眼镜边
折射出菜油灯黄黄的火苗
床前明月光
　疑是地上霜
祖父的花白胡子里
漏出袅袅烈草烟味的青烟
　举头望明月
　低头思故乡
“爷爷，我会背了。”

眼镜后面的眼角上有一点泪

胡子后面的嘴里没有牙

“孩子，玩去吧！”

四[1]

床前明月光

疑是地　上霜

举头　望　望　明　明　月

低头　思故　思故　　思故乡

床前月光

疑地上霜

举头明月

低头思乡

[1] 这是我童年学背的第一首中国诗。我也教给西方的学生背，有的结结巴巴地背，背多出许多字；有的吞吞吐吐地背，背少了许多字。我做出严师的样子给他们不及格，但是，暗暗地，我喜欢他们的“增字静夜思”和“减字静夜思”。

床前光

地上霜

望明月

思故乡

月光

是霜

望月

思乡

月

霜

望

乡

五

姐姐　你还记得吗？

在月光里

你曾玲珑地望

床前明月光

疑是……真是……

真是霜一样的月光呵

后面的两句呢？

我带它们走了

走了半个世纪

走到没有土瓜和鸡棕的地方

没有麦粑粑和过桥米线……

　举头望明月

　低头……举头……

六【1】

床前明月光

疑是地上霜

祖父教的第一首唐诗

孩子拍着手

踏着院子的石板

快活地唱

　明月光　地上霜

1　近人论诗必谈“形象化”和“比喻”，并且博引诗的、美学的、语言学的，乃至政治的权威作证。我则以为这两点与诗并无本质的关系。这首小诗（原来的前阕），既不形象化，也无比喻，而且缺少诗意的词藻，按时下的标准看，大概是要逐出诗国的。所以前注中说“几乎已经不是诗”。然而我以为这只能是诗。我们如何能把它称作散文呢？它或者根本没有存在的价值，如果能存在，它只能是诗。“人生不满百，常怀千岁忧”“对酒当歌，人生几何？”这样为人传诵的句子，形象化吗？比喻何在？“采菊东篱下，悠然见南山”也说不上形象化。“寻寻觅觅，冷冷清清，凄凄惨惨戚戚，乍暖还寒时候，最难将息”，只是描写心理。

　地上霜　明月光

孩子已作了祖父

过去的孩子在今天的祖父心里

淘气地唱

　思故乡　思故乡

　思故乡　思故乡

七

月光里的故乡

月明了的故乡

　故乡时的明月

　故乡思的月光

什么时候起

迷作一片朦胧

乡　即是　月

月　即是　乡

迷迷　疑疑

望望　茫茫

注满眼底

溢出眼外

　月月乡乡

圆了的月啊

月了的乡

八

在时间的那一头

在世界的那一头

　拍着手　拉着手

　孩子唱

望明月　问明月

月光光　明月乡

在时间的这一头

在世界的这一头

举头　低头

满头霜

满头霜

满眼老花的月亮

满面粼粼的月光

九

低头思故乡

马锅头他们一定[1]

还在横断山脉里

横断着山的脊梁

高山的风和日敲他们的铜脸

水牛一定还在红河水里

轻盈地浮沉黑铁的犄角

甘蔗的汁比红河水更浓

---

1 “马锅头”是马帮赶马的人。

炼成霜色的冰糖

每一个结晶的面都闪闪地唱

床前明月光

十

昨天母亲来信说[1]

我好　你好吗？

我给母亲回信

我好　您好吗？

月亮是苍白的

月亮不说话

故乡比月

更远　一倍

[1] 母亲80岁以后患白内障，兼苦手抖，没有再亲笔给我写信，家信总是由妹妹或者弟弟、弟媳代笔。今年母亲94岁，听到我要回国，忽然有了奇异的兴致，让孙女按着纸，在“雾茫茫”里、“颤零零”里，亲自歪歪斜斜地写了几行字寄到法国。我看了这“九曲体”，热泪盈眶，同时由心底笑出来。我摹仿着用毛笔写了几张纸，最后觉得还是把原信复制印出来最妥。

十一

　疑是霜　疑是霜
悄然落在书页上是一丝闪闪的白发悄然
落在书页上不再是青色的发丝了那曾是
父亲的白发使我心惊的悄然落在书页上
而今是我自己的白发悄然落在书页上而
今只有我自己的白发了悄然落在书页上……
　举头望　举头望

十二

低头思故乡
　我已回去
　我已回不去
　我已不回去
　我已在路上
秦时明月汉时关

　我已渴毙

　我已骨折

　丝绸的路

　骆驼、石头和骷髅的路

床前明月光

十三

床前明月光

节节骨痛的床

没有床的稻草垫

没有稻草的泥地

没有泥地的水门汀

水湿的枕头

火热的枕头

没有枕头的

惊醒的失眠的

眼闪着月光

疑是地上霜

十四

举头望　举头望

中秋月从楼影后面探过来

圆了白净的脸

圆了惊异的眼

咦　怎么没有月饼？

怎么没有栗子和梨？

怎么没有柿子和枣？

没有红的蜡烛？

没有香炉和香？

连圆的桌子也没有

握一卷太白诗集在背后

静悄悄地

月亮看我

我看月亮

十五

好月光　好月光

唱一支歌儿吧

咱们唱　松花江上

唱咱们都会唱的

不行　不行

我不能唱　我不能唱

一唱声音就呜咽了

再唱嗓子就哽住了

三唱眼睛就什么也看不见了

你们唱　我跟着

我的家……

在……在

在东北松花……

江上……

十六

这是诗

这是一首诗

这是一首中国孩子学的

　第一首中国诗

大家跟我念

床前明月光　疑是地上霜

举头望明月　低头思故乡

熟麦的卷发

海水的眼睛

比越女更白

琳琅错乱的四声

太白　大概　大笑了

十七

三个孩子到中国去了

两个大学生一个中学生

只会说小学生的中文

　第一次见到北京的老祖母

　献上什么礼物呢？[1]

别忘了背一首中国诗

　　床前　明月光

1 5岁时所想的，65岁所记下的。先是母亲34岁，后来94岁。我把诗念给母亲听，她说："嘱！这成什么诗呀？我念一首给你听：少小离家老大回，乡音无改鬓毛衰。儿童相见不相识，笑问客从何处来。"

　　疑是　地上霜

　　举头　望明月

　　低头　思　思　思

全家人都笑了

九十岁的老祖母

笑出眼泪来

用宽的袖口揩着

十八

我走

　我跑

　　我停下来

我走

　我跑

　　我停下来

孩子

你是干什么啊？

妈妈

月亮老跟着我

十九

七十岁的中国人

住在赫德森河畔

解开领带

泡一杯清茶

——黄河之水天上来

一口乡音未改

七十岁的中国人

放下电剃刀

顾盼两鬓的白发

疑是地上霜的白发[1]

三千丈

---

[1] 这首诗曾在1983年发表于台湾《中国时报》，当时附有一段小引如下：

多数现代诗不宜于朗诵，因为它们的特点在于打破日常的语言规律，搅乱正常的思维方式，读起来不顺口，也不“顺脑”，所以大家读现代诗，渐渐失去朗诵的习惯。

我的这首小诗却是希望能被朗诵的。朗诵时，第五句“黄河之水天上来”，尤应以吟古诗的腔调读出来。这诗本身不晦涩，是许多李白诗句的碎片，在一个老人衰退的记忆中重新拼合的花纹，像杜甫《北征》中所描写的小女儿的补丁短袄，“海图拆波涛，旧绣移曲折；天吴及紫凤，颠倒在短褐”。

缘愁似个长

七十一岁的中国人

举头霜

低头霜

黄河长

明月乡

七十二岁

解开领带

泡一杯清茶

黄河之水天上来

弃我去者不复回

七十三岁

三山雪满魂飞苦

蜀道之难天梯石栈明月相钩连

何茫然　催心肝

七十四　七十五

解开领带

泡一杯黄河

朝如青丝不可留

乱我心者暮成雪

七十六　七十七

拿起电剃刀

断水水更流

长相思　白云间

长相思　彩云间

七十八

黄河三千丈

何处是故乡

朝辞去　不复回

七十九

白发黄河天上来

奔流到海不复回

八十

不复回　不复回

黄河

黄河

天上　天上

不复回

熊秉明《孺子牛》

床前明月光

祖父的老花眼镜上
折射出菜油灯的黄黄的火光
　　床前明月光
　　疑是地上霜
祖父的花白胡子里
冒出弯弯扭扭的青烟
　　举头望明月
　　低头思故乡

“爷爷，我会背了。”

　　床前明月光

　　疑是地上霜
祖父教给的
　　第一首唐诗
孩子拍着手
踏着院子的石板
快活地唱
　　明月光
　　明月光
孩子已做了祖父
过去的孩子在今天祖父的心里
顽固地唱
　　思故乡
　　思故乡

月光
水样
　　水银样
　　　水晶样

凝着　流着

散着　霰着

闪着　眏着

粼粼

星星

一丝丝的乡思

　在水面

　在草尖

　在云间

乡思丝丝

　在水边

　在云端

　在草尖

床前明月光

节节骨痛的床

没有床的稻草垫

没有稻草　的泥地

没有泥地　的水门汀

火热的枕头

水湿的枕头

没有枕头的

惊醒

的眼闪着月光

疑是地上霜

低头思故乡

　我已回去

　我已回不去

　我已不回去

　我已在路上

秦时明月汉时关

　我已渴毙

　我已受伤

　丝绸的路

骆驼、石头和骷髅的路

床前明月光

月光里的故乡

月明了的故乡

故乡时的明月

故乡思的月光

什么时候起

融作一片迷蒙

乡　即是　月

月　即是　乡

迷迷　疑疑

望望　茫茫

注满眼底

溢出眼外

光光亮亮　月月乡乡

圆了的月啊

月了的乡啊

在时间的那一头

在世界的那一头

　孩子唱

　月亮光

　地上霜

在时间的这一头

在世界的这一头

　举头　低头

　满头霜

　满眼的月光

　满脸的月光

姐姐

　你还记得吗？

在月光里

你曾玲珑地望

　床前明月光

　疑是……真是

真是霜一样的月光呵

后面的两句呢？

我带着它们走了

去了半个世纪

走到没有鸡棕

　　和过桥米线的地方

　举头望明月

　低头思故乡

长调慢拍的黑水牛

缓慢的水牛

摇着犄角的弧形

弹溅着红色的泥

浆的点滴打着尾巴

的节奏耕我的异乡

的梦里的老家的秧水

　　四蹄迟落的轮唱

　　把碎银的月光捣

　　成鲜桃色的晓阳
母亲来信说
我好　你好吗？
我给母亲回信
我好　您好吗？

　　月光是苍白的
　　月亮不说话
　　故乡比月
　　更远　一倍

我走
　我跑
　　我停下来

我走
　我跑
　　我停下来

孩子

你是干什么呀？

妈妈

月亮老跟着我

有一个古老的诗国

一个白发的诗人

拈一片霜的月光

　凝成一首小诗

给所有的孩子们唱

一代一代地唱

会须一饮三百杯

老诗人捞月去了

小诗留在月光里幽扬

　在故乡幽扬

　在他乡幽扬

这是诗

这是一首诗

这是一首中国诗

这是中国孩子学的

　第一首中国诗

大家跟我念

　　床前明月光　疑是地上霜

　　举头望明月　低头思故乡

熟麦的软发

海水的眼睛

比越女更白

琳琅错乱的四声

太白　大概　大笑了

床前明月光

疑是地　上　霜

举头望　望　明　明　月

低头思故　思故　思故乡

　　床前明月

　　是地上霜

　　举头明月

　　低头思乡

　　　　床前光

　　　　地上霜

　　　　望明月

　　　　思故乡

　　明月

　　是霜

　　望月

　　思乡

月

　霜

　　望

　　　乡

三个孩子到中国去了

两个大学生一个中学生

只会说小学生的中文

　第一次见到北京的老祖母

　献上什么礼物呢？

别忘了背一首中国诗

　　床前　明月光

　　疑是　地上霜

　　举头　望明月

　　低头　思　思　思

全家人都笑了

九十岁的老祖母

笑出眼泪来

用宽的袖口揩着

月是温慈的

是冰冷的

月是真实的

是虚谎的

温慈的真实

冰冷的虚谎

以及

真实的冰冷

温慈的虚谎

以及

圆了　又缺了

缺了　又圆了

月徘徊在有和无之间

狼只得

在月光里

嚎出

存在的荒诞

月光柔和

又冰冷

月光明亮

熊秉明《回乡》

又虚妄
在模棱恍惚中
从有徘徊到无
从无徘徊到有
圆了　圆了　又
缺了　缺了　又

一切在半存在中
一切都是自己的影子
灯光熄灭了
月光走到前台来
照亮她自己

旁侧的灯光都熄灭了　一切进入黑暗
主角在照明中走到前台来
主角是月亮　她是照她自己
她要让所有的眼睛看向她
她仿佛微笑

她仿佛忧伤

她说

她不说

我们等待她的台词

等待得苍白了

困倦了

她退入苍白

月亮是主角

月亮是看客

她凄然看向人间

圆了

又缺了

希望着

悴损了

展 览

一

展览

展览

展出什么呢

这个世界已经太满

红灯　绿灯　红灯

绿灯　红灯　红灯

你的眼睛已经超重

超速

你的眼睛已经故障

慢下来

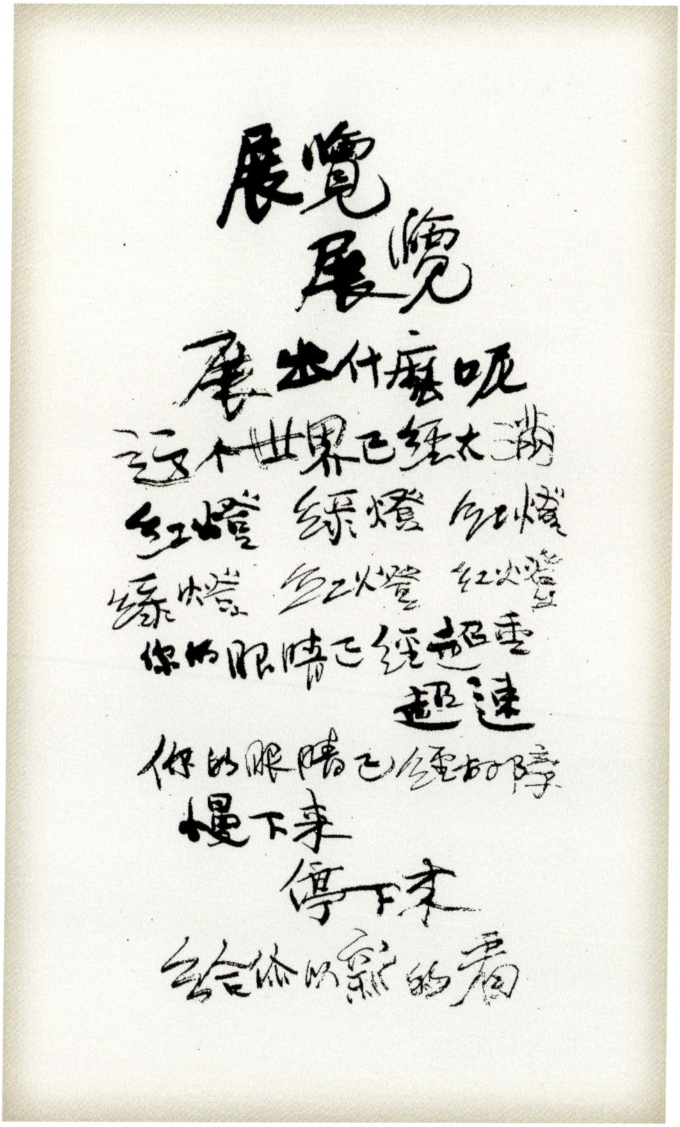
展覽
展覽
展出什麼呢
這个世界已經太滿
紅燈 綠燈 紅燈
綠燈 紅燈 紅燈
你的眼睛已經超重
超速
你的眼睛已經故障
慢下來
停下來
給你以新的看

停下来

给你以新的看

二

不前卫　不正统

不古典

没有斑斓的

卫道的

大旗与教条

没有鲜丽的

荒诞

前卫

媒体和广告

如此只如此

此念与无念

三

你是真纯的

我就把这杯水奉献

给你

我也只有这杯水了

因为这里的一切都已经

污染了　变形了

都是冒牌品　代用品

用谎话对话

用毒牙接吻

我把这杯水奉献

　　给你

　　清洌的……可是它呢

它果真是清的纯粹的？

　　你问

那么净化它吧，求你

　以你的心

　但是你的心

四

我多么愿意

创造一个奇迹

让一双嘴唇笑

让一对腮飞红

让一对眼湿润

我知道

奇迹是两人的事

　一双唇

　一对腮

　一对眼

我找　找　找

你是我所期待的么？

你是我所期待的么？

五

你来了
我能赠给你什么
你来了　慢步着
　低思着
你牺牲了你生命的
这一分钟
　倾着友好的耳
　眼睛闪着
　好奇的火
　心在敲　而我
只是一面旧破的镜
　以我的全力
　以每一块碎片
　　歌唱你

六

你终于来了

我等了那么久

你什么都没忘记

你来了

　快活地

　整个地

无保留地

带着你所知的

　　你所能的

　　你所是的

无限

　　纯一

可

我

已经

　　累了

腰

背

七

我有那么多话

要跟你说

可是说不出

词汇　都不可靠

或者太旧了　破烂了

或者太新　还没有缩水

我给一个意义

你听见的也许是

　歧义　反义

双关义　跛义

也许无意义

我有那么多话

　要跟你说

可是说不出

……

八

我拿起颜色

颜色从指缝间

漏掉了

我描一条线

形象从线边

滑开了

我想说话

想说的字怎么也想不

　　　　　　　起来

啊　啊

我可不能这样死掉

九

我抽烟

因为我太苦了

我太苦了

　我戒烟

我太苦了

　我抽烟

我抽烟

　　　戒烟　抽烟

　　　戒烟　抽烟　戒烟

　　　我抽烟

　　　　我太苦了

　　　　我太苦了

十

　如果我的句子是

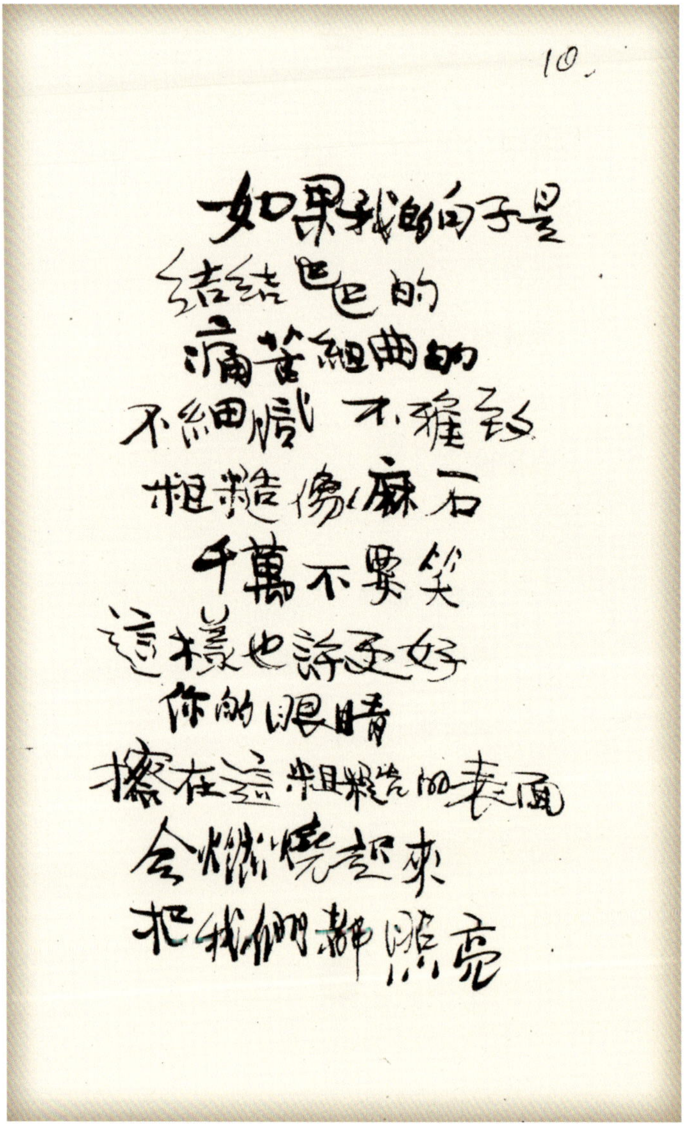
10.

如果我的句子是
结结巴巴的
痛苦紐曲的
不細膩 不雅致
粗糙 像麻石
千萬不要笑
這樣也許更好
你的眼睛
擦在這粗糙的表面
會燃燒起來
把我們都照亮

结结巴巴的

　痛苦扭曲的

不细腻　不雅致

粗糙像麻石

　千万不要笑

这样也许更好

　你的眼睛

擦在这粗糙的表面

会燃烧起来

把我们俩都照亮

十一

　你说

　有光

就有了光

　有海

就有了海

也许你会说

　有诗

　而且说

有一个人

十二

你是智者

嚅嗫出一些预言

预言使你惶恐了

你是画家

涂抹出一些未尝见

　　　　的形与色

未尝见的形与色

被你自己撕掉了

池边饮水的鹿

看见头上新生的角

跃起逃窜了

十三

雕刻家走来
从口袋里拿出
一只洋火盒
从洋火盒里
拿出一个青铜形体
　轻轻地
　放在雕刻座上
　我俯身过去
看见一个带雷电的
　　　　　　风暴

十四

他们有
　　太多的汽车
　太多的录音机录影机

电影机电视机

大哥大和电脑

太多的钞票发票股票

太多的唱片幻灯片电影片

太多的消费世界的美妙

他们还缺少什么呢？

缺少一点

空白吧

缺少一点缺少

缺少一点小小的饥饿

和渴

十五

他们展览

他们宣传

展览他们的野心

宣传他们的恶心

他们在自杀

死的是我们

十六

啊　观众朋友

你那么喜欢戏剧性的

展出

你参加过那么多轰动一时

的事件艺术

你买过那么廉价的

让画家饿死穷死吐血死

的杰作

你赞美过那么多的愚蠢

和谎骗

亲爱的观众朋友

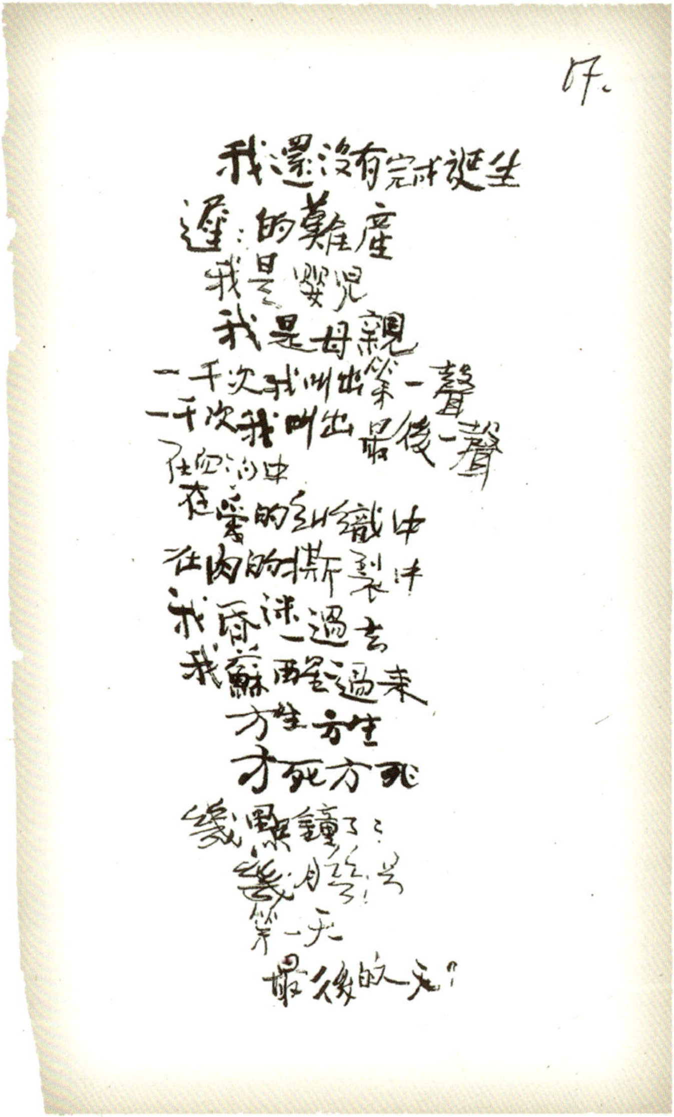
我還沒有完成誕生
遲遲的難產
我是嬰兒
我是母親
一千次我叫出第一聲
一千次我叫出最後一聲
在空洞中
在愛的組織中
在肉的撕裂中
我昏迷過去
我蘇醒過來
方生方生
方死方死
幾點鐘了？
幾月幾號？
第一天
最後的一天？

你仍然在寻找新的　更新的

　　　　　　更更新的

那么　诺　你瞧

这里有一幅画　见所未见

　　闻所未闻

是给瞎眼的人看的

十七

　我还没有完成诞生

迟迟的难产

　我是婴儿

　我是母亲

一千次我叫出第一声

一千次我叫出最后一声

在血泊中

在爱的纠织中

在肉的撕裂中

我昏迷过去

我苏醒过来

　方生方生

　方死方死

几点钟了？

　几月几号？

　　第一天？

　　　　最后的一天？

十八

我已经受不了

　　身子的沉重

阵痛已经开始

痛得厉害　痛得厉害

　我要昏过去了

　我超常地清醒

　　我要死了

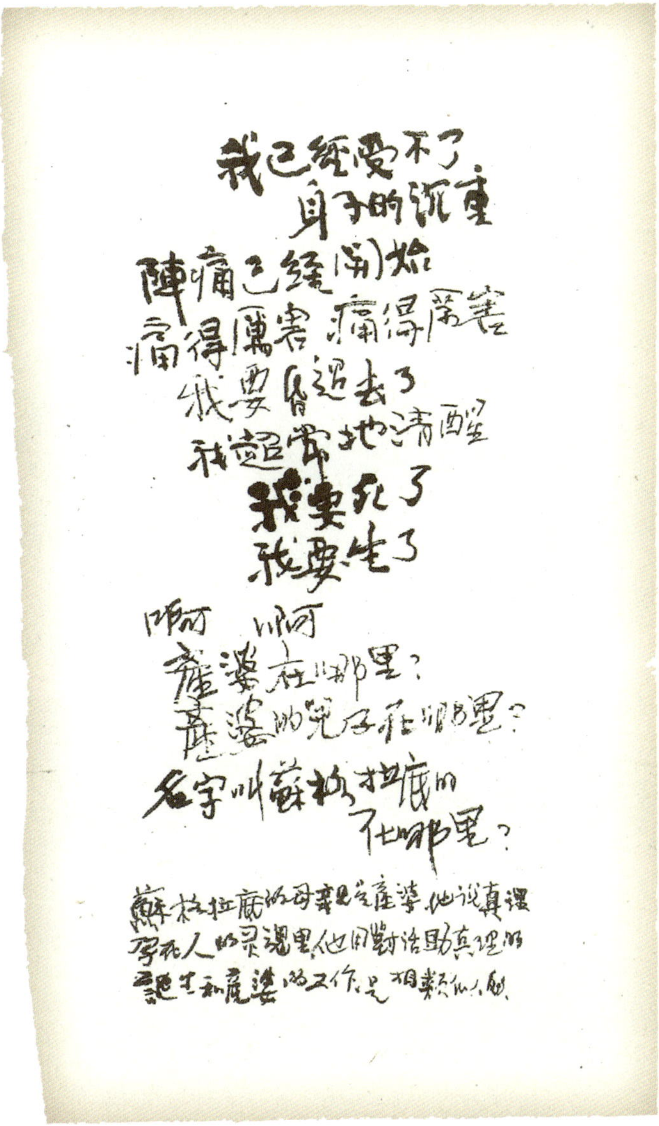
我已經受不了
身子的沉重
陣痛已經開始
痛得厲害 痛得厲害
我要昏過去了
我還超常地清醒
我要死了
我要生了

啊 啊
產婆在哪裡？
產婆的兒子在哪裡？
名字叫蘇格拉底的
在哪裡？

蘇格拉底的母親是產婆 他說真理孕在人的靈魂裡 他用對話助真理的誕生和產婆的工作是相類似的

我要生了

啊　啊

产婆在哪里？

产婆的儿子在哪里？

名字叫苏格拉底的

在哪里？

（按：苏格拉底的母亲是产婆。他说真理孕在人的灵魂里，他用对话助真理的诞生，和产婆的工作是相类似的。）

十九

不是展览

血不够

也不借胭脂的红

花落完

也不洒茉莉的香
  就是这个样子

  太黯淡了
  太土气了

原谅吧
  献给你
    原样的璞

二十

  忘掉展览
  忘掉展览

把园门关上吧
  锄头和耙子
  都在丁香花下

喜悦于人的还原

喜悦于人的还原

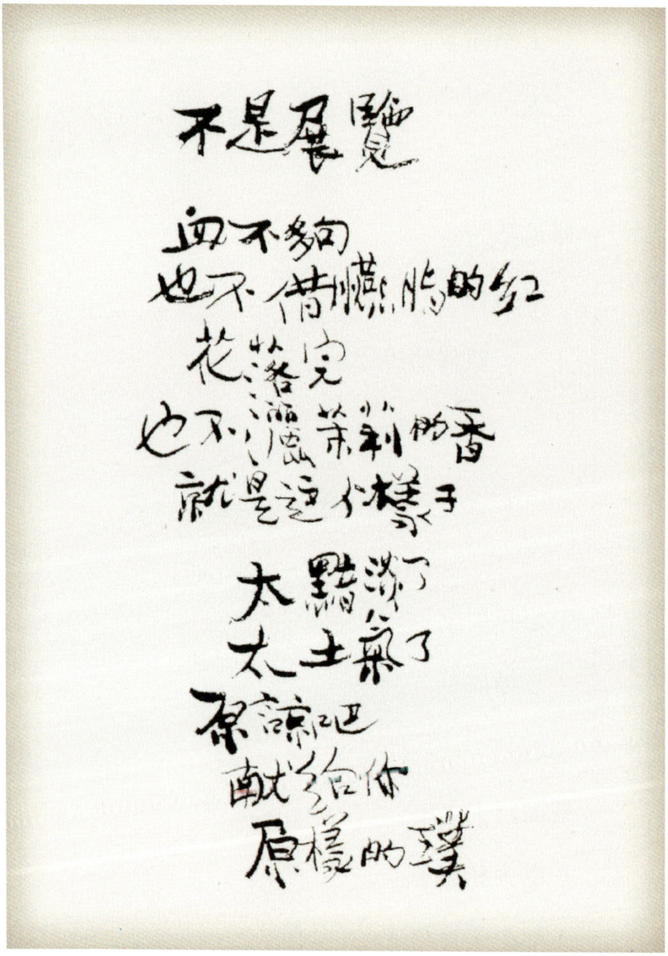
不是展覽

畫不夠
也不借臙脂的紅
花落完
也不灑茉莉的香
就是這个樣子

太黯淡了
太土氣了
原諒吧
獻給你
原樣的璞

最后的情诗

一

有朋友说：白发比去年多了

有朋友说：挺精神硬朗呢，不像七十岁呢

不好说，不便说

老与不老

也是“寸心知”呢

二

于是闪起一个意念

写最末的情诗

早上的太阳里、露水里
剪一朵玫瑰放在玻璃和清水中
瓣紧凑得羞涩
色泽却涉及放荡
在诱惑和拒绝之间
摹拟蒙娜丽莎的微笑

到我们
发现你们的躯体的大陆
我的船过险恶的海洋
其实并没有风暴
而你们的神秘仍是太密的森林
雪覆的山、深渊中的急流

你们仍然是美的
仍然是母亲、妻子、未婚妻，是少女
你们是七十岁呢？十七岁呢？

仍然是禁区的十七岁
罗丹说女体最绚烂的季节只是几个月
而我们只能闪闪烁烁地
窥见你们的鲜丽的一角

让我们再抚摸一次吧
白玉凿成的脚踝啊
那希腊人称为“羊角踝”的
柔软的脐窝吧
希伯来诗中称为“酒杯”的
白净有着环纹的颈子吧
《卫风》比作“蝤蛴”的
我们从关关雎鸠的时候
便歌着你们的窈窕
而你们在水中央

三

我们分坐两边

一边女　一边男

规规矩矩

有些火花飞过去

有些男人飞过去了

我们忏悔了

我们多么爱你们

看见你们的第一眼的时刻

我们已心碎了

死在你们的脚下

从三岁起

我们就发现你们的奇妙了

虽然你们的裙子是那么长

又忽然那么短

和蝴蝶一同飞

和雪花一同飞

经过羞怯与勇气的斗争

我们终于抢渡，而且触到彼岸了

触到你的手了　你们的腰际了

那是历史性的事件啊

又经过多少季节和辗转的夜与晓

触到你的唇了

经过多少迂回艰难的无路的路啊

越过三尺距离！

爱你的十七岁，但是十七岁已经逝去

你们也七十岁了

肌肤的紧实

走路的轻盈

可以走到世界的那一端

海的那一边

羊脚踝的跳跃啊

爱你的未婚时

爱你的婚礼时

爱你婚后第一胎的丰满

酒杯的脐窝满了

母亲与孩子

已经是祖母

然而眼睛里的火仍然燃烧得很热

爱你的七十岁

你们又遥远了

又在海的那边

1991 年

大自然是一座神殿[1]

大自然是一座神殿

巨柱都有着生命　喃喃

述说些含糊的话语

人们走过，

象征与符号

投来关注的眼神

一切的回响融汇

为一片幽深的整体

如无限的夜

---

1 本诗为熊先生对波德莱尔诗集《恶之花》中《应和》(*correspondances*)一诗的翻译。

又如无限的光

芬香、色彩、声音都相呼应

婴儿肌肤的芳香

双簧管的柔和

牧场的翠绿

——其他的、腐坏的，也都灿烂

无限的事物在扩大

琥珀、麝香、安息香、祭香

歌唱

一杯水

在这座子上放一杯水奉献
给你在你放下铁锤的时候在
你走完一天山路的时候在你
大病初愈坐在暖阳里看悠悠
的云老来忆起故乡的小溪
流过你雪白的脚踝的急水
的云老来你将忆起故乡的
小溪里闪动着雪白的脚踝

看不见

看不见山

但是听见水

看不见水

但是听见山

水在山里流

山在水里流

我们在山里的水里

我们在水里的山里

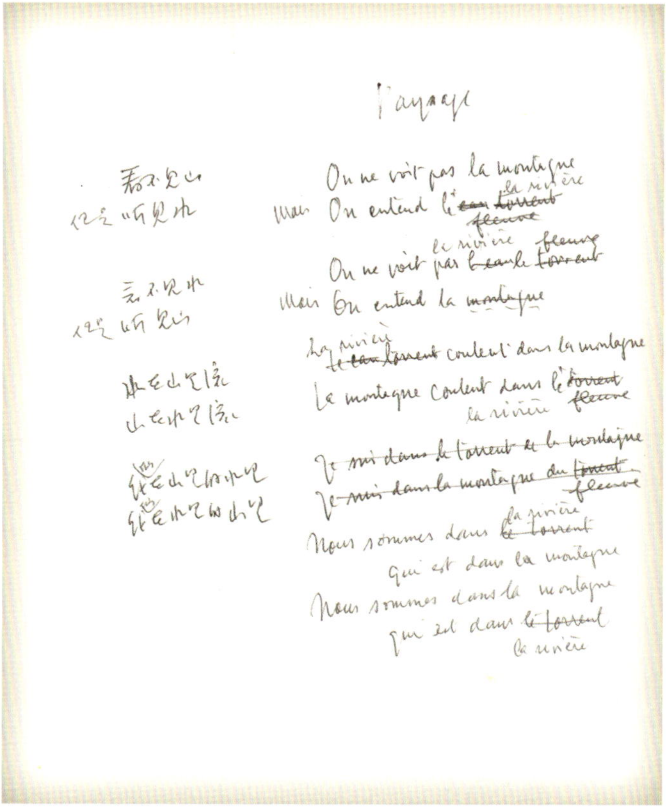

Paysage

看不见山
但是听见水

On ne voit pas la montagne
Mais On entend l' ~~eau~~ ~~torrent~~ ~~fleuve~~ la rivière

看不见水
但是听见山

On ne voit pas ~~le eau~~ ~~le torrent~~ ~~fleuve~~ la rivière
Mais On entend la ~~montagne~~

水在山里流
山在水里流

~~Le eau torrent~~ La rivière coulent dans la montagne
La montagne coulent dans l' ~~torrent~~ ~~fleuve~~ la rivière

我们在山里的水里
我们在水里的山里

~~Je suis dans le torrent de la montagne~~
~~Je suis dans la montagne du torrent~~ ~~fleuve~~

Nous sommes dans ~~le torrent~~ la rivière
qui est dans la montagne
Nous sommes dans la montagne
qui est dans ~~le torrent~~ la rivière

了

昨天

下了一夜雨

她哭了一夜

我劝了她一夜

今天

她又来了

又哭了

她伤心极了

最后她说：

她不再哭了

明天就走了

从此是新的开始了

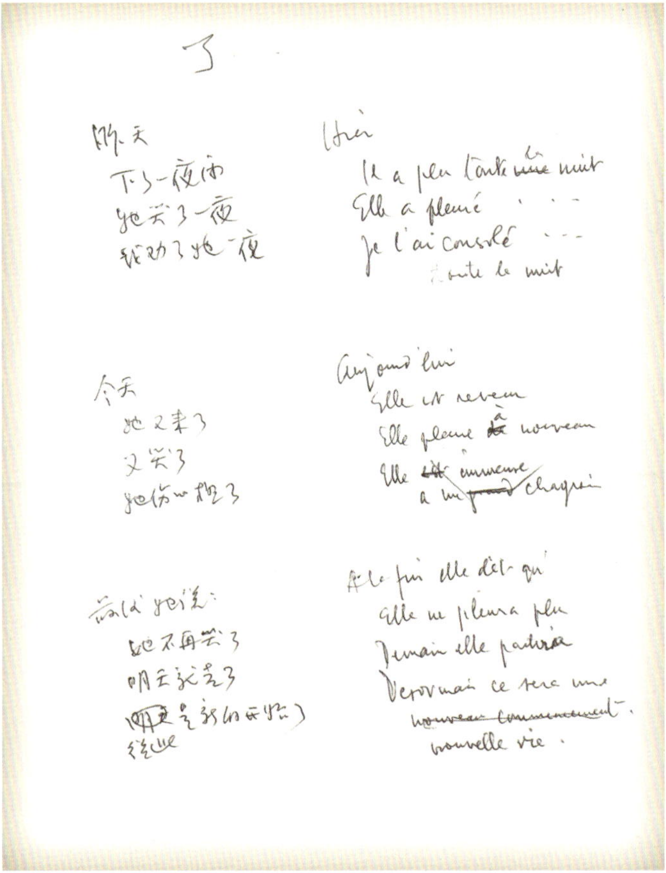

了

昨天
下了一夜雨
她哭了一夜
我劝了她一夜

Hier
Il a plu toute la nuit
Elle a pleuré . . .
Je l'ai consolé . . .
toute la nuit

今天
她又来了
又哭了
她伤心极了

Aujourd'hui
Elle est revenu
Elle pleure à nouveau
Elle a un chagrin

最后她说：
她不再哭了
明天就走了
从此是新的开始了

À la fin elle dit qu'
elle ne pleura plus
Demain elle partira
Désormais ce sera une
nouvelle vie.

变 化

水变成云烟

云烟变成雪花

走路变成舞蹈

叫喊变成歌唱

几个字变成诗

心的跳动变成爱

雪花变成春水

春水变成秧田

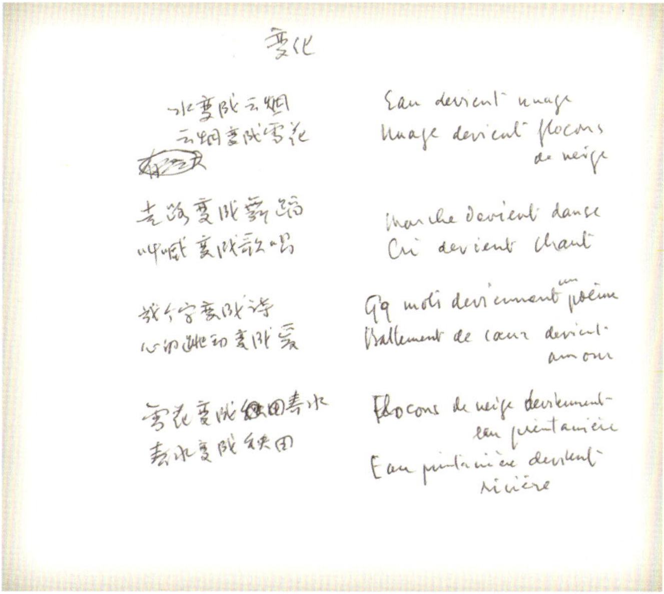

变化

水变成云烟
云烟变成雪花

走路变成舞蹈
呼喊变成歌唱

几个字变成诗
心的跳动变成爱

雪花变成~~秧田~~春水
春水变成秧田

Eau devient nuage
Nuage devient flocons
de neige

Marche devient danse
Cri devient chant

Qq mots deviennent un poème
Battement de cœur devient
amour

Flocons de neige deviennent
eau printanière
Eau printanière devient
rizière

了

——着

他们喝了茅台酒了
他们吃了燕窝汤了
他们吃了海参、火腿、鱼翅、熊掌
他们吃了八宝饭了
他们吃了，吐了，倒了

我们流着汗
我们干着活儿
我们晒着太阳
我们嚼着大饼
我们活着，笑着，唱着

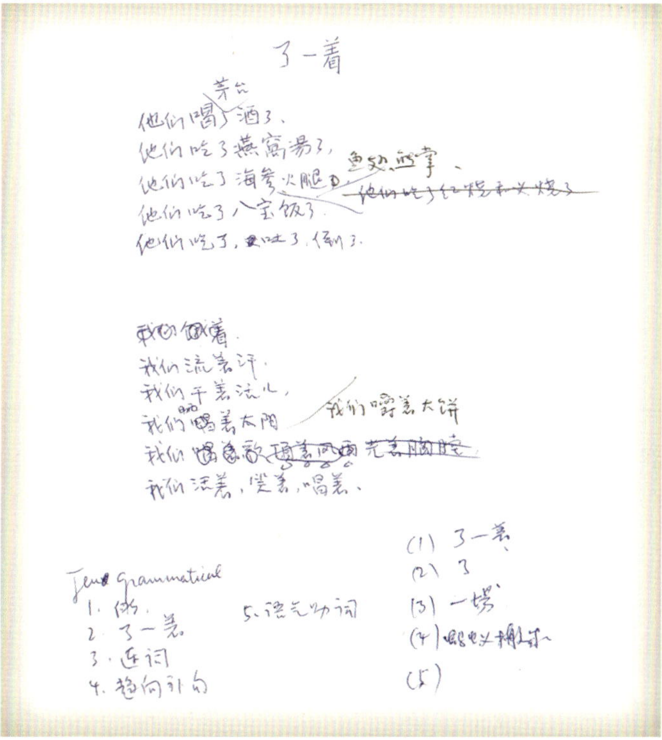
了一着

他们喝了茅台酒了，
他们吃了燕窝汤了，
他们吃了海参火腿鱼翅熊掌，
他们吃了八宝饭了，
他们吃了，吐了，倒了。

我们饿着，
我们流着汗，
我们干着活儿，
我们晒着太阳
我们嚼着大饼
我们唱着歌
我们活着，笑着，唱着，

Jeux Grammatical
1. 的
2. 了一着
3. 连词
4. 趋向补句
5. 语气助词

(1) 了一着、
(2) 了
(3) 一塌
(4)
(5)

最美的

她擎着一盏菜油灯进来
“给你点一盘蚊香”，她说
眼睛真亮啊，整个眼珠里点着一盏灯
她穿着无袖的紧身背心

“你知道这世界上最美的是什么？”
“好怪的问题。”
“要你回答。”
“我怎么知道呢？”
“猜猜看。”
“你说吧。”
“少女的胸脯。”

“讨厌……你是想看看吧。”
她的指头解着密密的纽扣

我看见了最美的奇迹了

注：

这首诗，熊秉明先生曾有初稿，作于2002年之前，初稿作：

她擎着一盏菜油灯
她的影子很大，脸很亮
眼睛里有菜油灯的火光

进来，乡下的秋虫的鸣声很大

我故意问她：
“你知道世界上最美的是什么？”
“我怎么知道呢？”

“猜着。”

“少女的胸脯。”

“哼，讨厌，多想看吧？”

她慢慢地解着丝扣

熊秉明《红衣牧猪女》

镜子说

镜子静静地说：

我一向是诚实的

你不相信我了么？

你不是经常询问我的意见么？

为什么你怀疑起来了？

不要用力擦亮镜面吧

镜面愈明亮

愈要照出你眼睛的暗淡

数出你额门上的密纹

给自己七十岁的生日

有一天
你有了儿子
你做了父亲

又一天　你的儿子也已经
有了儿子做了父亲
你是父亲的父亲
父亲们的父亲

又一天　你将是父亲的父亲的父亲
一切父亲的父亲

有一天　你是一个始祖

一则神话

一片神秘

你想起米开朗基罗的亚当

你想起自己还在母亲怀里的时候

1991 年 11 月 1 日

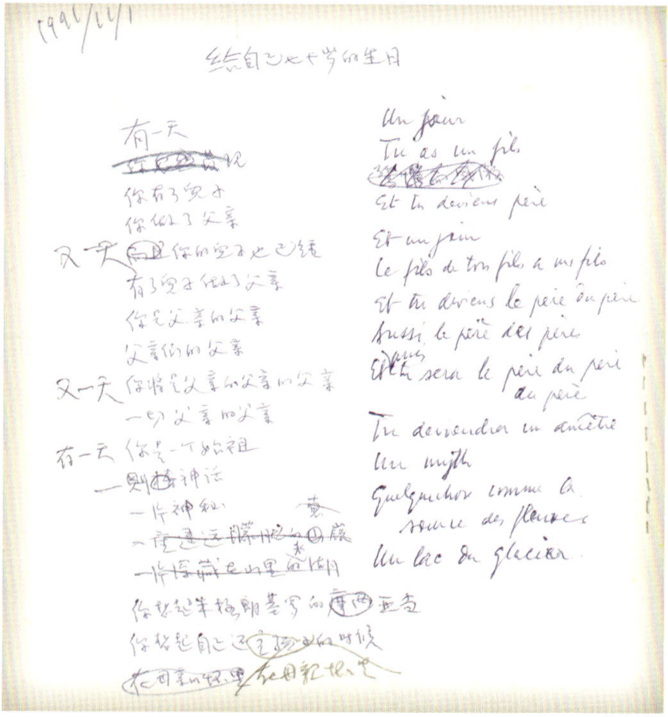

曾经　已经

我们的明天已经成为昨天
我们曾经在今天中
我们在今天的边缘上
再回首时
已经化为烟尘和巨石
我们的未婚妻
再吻时
已经是老伴，做了祖母
我已经是老人家、老头子、老顽童、老顽固
老前辈

今天的早晨过得特别慢

太阳晒着

我们的回忆

我们坐在今天的边缘上

今天已经是他们的了

我们是远的理想

新婚的妻子

采着早晨的玫瑰

再吻时

已经是白发的祖母

我们坐在今天的阳光里

为明天的你们的昨天拍照

1991 年 8 月 15 日

熊秉明《帐子里的裸女》

阅 读

把我们的一生重新阅读一遍
把我们的一生用尺量一量
量生命的缺陷
量生命的丰满
你算过我们的泪水深浅?
你数过我们身体皮肤上的伤痕?
　　骨骼上长合的裂纹?
　　哭泣时嘴撇的痕迹呢?
笑的痕迹呢?
笑也留下痕迹么?
每一个笑　像每一次哭
像每一条衣上的褶纹

留在你的嘴边

褶纹愈来愈多了

你于是老了

或者怪丑的老人

老成美丽的老人

1991 年 8 月 14 日

熊秉明《马》

同在

在我还没有离去之前
我要塑成我的头像
我的眼睛是这样的
我的嘴是这样的
我的额头是这样的
我的……是这样的
我不放心别人的眼光和指法
有一天我离去
请把我的肉躯
还给大自然吧

我的悲哀是这样

我的忏悔是这样
我的欢喜是这样
把我的心的故事交给
一个慈悲无边的人

让白色回到白云
青色回到青草
让流着的回到溪水
温暖的回到阳光
我永远与你们同在

1991 年 8 月 14 日

你没有说过

你没有说过

人生的定义

但你是人生的定义

你醉心于数学的精确

你从来没有说过

幸福的定义

但是我知道什么可以使你微笑

那是我从学校里带回来的作文

1991 年 8 月 12 日

老先生

"老先生……"

说话的人注视着我

这称谓是给我的

我仍不禁回头看一眼

也许会有什么样的白发在我背后

露出没有牙齿的微笑

但是没有

"老先生……"是我自己

给我所未遇到的

来

坐在我的旁边

我觉得夜雨的冷啊

但是没有人来

我揭一张纸

写一封信给太遥远的朋友

而他似乎来

坐在我的旁边

我觉得雨的冷啊

我摊一片洁白的纸

写给你在太遥远的那方

好让你听我此时太遥远的寂寞

但是我怎能写得完我的渴望

我的心里的泉水

我将永远遇不到的

那一个人

我将用力把声音抛出去

让云把歌声带去

让太阳把歌声带去

它们一定会遇到那一个人的

会有一只莲一样的手

牵着我

跨过那难迈的门槛

走到那一边么

我

我

倏然

装潢着花白的头发

密网的笑纹

或者愁纹

这是我么？

蝴蝶从蛹里蜕出来，

它怎样想呢？

它是蛹？

或者它不是蛹？

它是蛹的蓝图

　　蛹的实现

　　蛹的梦

镜子静静地说

我是诚实的

你不相信我么

你不是一直问我的意思么

为什么你怀疑起来了？

镜子冷冷地说

不要用力擦亮镜面吧

镜面愈亮

愈照出你眼光的暗淡

愈数出你额上的密纹呢

擦亮镜面吧

你更可以看清你眼光的暗淡

拭去镜面的微尘吧

你可以看见更多的密纹

但是我喜欢你头发的雪白

并且喜欢你

1990 年

熊秉明《瘦马》

让珍珠留在沙滩上

不为什么

不为谁

不等待任何一对眼睛

在天褪色

在海退潮

在……

让一颗珍珠

留在沙滩上

1993 年

褐 色

我打开衣柜

拿出冬天褐色的大衣

我的大衣是褐色的

我记起

前一件也是褐色

再前一件也是褐色的

我的大衣都是褐色的

秋天的颜色

我不能把绿披在身上

我不能把红披在身上

我不是青草和莲叶

我不是玫瑰和芍药

我只能是褐色的

将老去的叶

将老去的树干

将老去的土地

1993 年 5 月 31 日

熊秉明《挑菜女》

数 字

超级公路上

每分钟二十次的呼吸

和引擎一同停止

于百分之一秒内

迅速地进入

计算机信息贮存统计数字的行列

脉搏和血压被

判断为死亡的概念

为公式中增加了一个实例

统计公报上增加一个单位

母亲的眼泪不在

保险公司软件的计算中

增加了许多数字

加减乘除以及开方平方

得出母亲应得的赔偿的数字

熊秉明《灯光下的书桌》

自己的冬

我们并没有见过雅典　然而
蔚蓝色的希腊
又在我的窗上点燃
奥林匹克的火炬

自从苏格拉底
在哲学史教室举起酖酒
我们从此被放逐
赤裸的两脚
从此踏着自己的血走向四季

而已经是雪的年代

雪要忘掉过去的路以及未来的路

甚至现在的路

我们用最后的体温抵抗茫茫的陨落

1996 年

熊秉明《乌鸦》

乌 鸦

那是一只鸟

黑得像一个存在的洞

它存在，如不存在

这不存在竟然飞起来了

并且叫起来了

呀，呀，呀！

证明它的存在的不虚

证明存在的悲剧

它存在了，又好像不存在

纪念寿观

你走了

你绝对地走了

仍然下雨天

仍然沏一杯茶

对着雨窗　我痴痴地看

等邮递员把信放在门口信箱里

不再会有你的信

绝对地不会再有你的信

仍然下雨天

仍然沏一杯茶

你走了之后仍然是早晨的雾

有下雨的天

你早已绝对地走了
但是仍然有落雨的早上
我仍然沏一杯茶
痴痴地等着
邮递员把信放入信箱
茶烟像一缕香
　祭奠

你早已绝对地走了
但是仍然有晴朗的早上
我仍然沏一杯茶
痴痴地等着
邮差把信放进信箱
会有另一个世界的信么？

你已经是绝对地走了

相对的现实世界　阴霭又在窗前

我仍然沏一杯茶

茶烟悠悠地旋转

不再等待你的信

茶烟像一炷香

向另一个世界招魂

1949 年熊秉明（右）和好友顾寿观在巴黎凡尔赛宫

弧 线

你送我一把小刀
尖到不可见
每一条弧线都趋向
那一个不可逼视的尖端
有生命在那里猝然中断

延长到尖端之外去
那已是自由无穷的空间
任你构想，幻想
游戏或者悲剧
狂笑或者战栗
死亡

每一条弧线

延长到尖端之外去

像滑雪者从坡道的尽头绝处

飞起

画出命运的虚线

熊秉明《瘦牛》

带着我的水牛

带着我的水牛
回到山与水田的故乡
它们怎样掀着鼻窍去嗅
秧田的风啊

秧田的水将怎样洗出
它们的青铜的脊梁、锋棱

带着我的水牛
回到故乡了
我知道它们是
诞生在一万里之外

1999 年

低头思故乡

我已回去
我已回去

疑是地上霜
那不是老家的厨房么？
厨房里饭熟的香味？

我已回不去
我已回不去

举头望明月
老家的房子早已经没收了

所有人扫地出门了

我不回去

我已回不去

我已在路上

我在路上

秦时明月汉时关　秦时明月

熊秉明《黑骑士》

我已渴毙　在酒泉　在麦积

我已骨折　在戈壁　在天山

丝绸的路

骆驼、石头和骷髅的路

丝绸的路

骷髅、石头和骆驼的路

床前明月光

熊秉明《骆驼》

存 在

存在

就是奇迹！

我在，

于此刻，

于此地，

唯一，而且独特，

我能实实在在地感觉着。

有一天，来到了这个世间

有一天，我能够说，我是我自己

这就是奇迹。

在无限的空阔的宇宙的

一点，

在神秘的诡幻的迁化中的

一刹那，

最奇的奇迹是，

竟然，有我在。

以我的微妙的躯体

占有这片空间，

而我

将以我演出。

我在自己的内部巡礼，

激动，蹁跹，漫行；

而我也能走出自己

从而认识人们。

认识你，你说

我是幸运者。

神已经预备了节日的盛宴

等我，参与。

（译作）

深夜的雨

我觉得深夜雨的冷啊
一生的夜雨
都在窗外淅沥
我摊一张纸
写给雨以外的远人

用怎样的句子
朴质地说出
粉红色的玫瑰
精微的阴瓣结构之间的
联想的诗思

我的头发长到腰际了

给我设计一个发型，好吗？

闪着清晨的金光的细丝

让它们自由地飘飞吧

1991 年

熊秉明《菜园水塘》

献 给

打　打　打　打　打
一个七十岁的老太婆
跪在地下

打　打　打打打
小脚是
写在香火烙出疤星的臂上
写在孕过流产过的子宫里
今天用木棍写在脊梁上

打　打打　打打
七十个年头的

饥馑和战争

水灾和旱灾

从枯老的眼睛里滴出来

打打　打　打打　打

我从小就认识她

我知道她的故事

我知道她的心

但是我挡不住那些拳头和辱骂

打打打　打打打

她是什么罪啊

她是什么罪啊

我替她吧

我替她吧

打打　打　打　打

她的衣裳撕裂了

绝望的胸脯在颤抖
血顺着臂上的血管的脉络
弯弯曲曲地淌下来
白发染上黄土地的细砂

打　打　打　打　打
我的眼泪再也流不完
妈妈　妈妈　妈妈

熊秉明《白毛女》（蓝色）

云南

于是我立在尼采的早阳光芒里
于是我坐在秋夜的有虫飞扑的灯光下
于是我看见自己的白发落在纸上
于是我觉得铁锤的重量

我想起云南，故乡
我可以归依的泥土，红色的大河，浑厚的山
我想，寿观是对的
他说我是云南人
“云南那种沉稳、厚实、淳朴、忠悫，
一种练达和忠厚，
云南山川的感觉浑然，

你实在颇是云南人。”

我不知道究竟我有没有那沉稳，等等

但是我觉得

在这个世界上有那样一片土地

和我同一种性质

我可以睡在那上面

以及那下面

安稳而且甜美地睡去

1991 年

惊　异

我看见
我听见

我觉得我懂得
冬的鲜明
我觉得我懂得
冰下的水歌

激动于
冬的通明
激动于
冰下的水歌

我惊异我的激动
更惊异我的惊异

我终于知道我并不懂
或者也并无可懂
眼里的冬的鲜明
耳里的冰下的水歌

再看时
我已惊异
再听时
我已惊异

我的激动使我惊异
我惊异使我惊异

1987 年 1 月

终　于

我走进汽车
我走进飞机
我飞入云
我飞出云
我走出飞机
我走出汽车
二十小时之后
我走进一幢灰色的楼
我找到了门
二十五年期待的门
我敲着门
我走进门

妈妈

你的儿子回来了

熊秉明 《女像》

带血的衬衣

凉了　夜

明了　月

记得高举着血痕斑斑的衬衣

拖着

就这样

红与白

风与雨

缄默与沉思

脚步与心的声音

比你们的展览

更前卫

月　照

月照

我　一丝　一丝

的，头发

变成霜

一丝一丝的白

一丝一丝的乡思

我们是月的民族

从明月之篇

这是大家知道的秘密

张若虚知道

李白知道

杜甫也知道

谁又不知道呢？

我们还在编制

在月光分明的时候

吹起这支魔笛

李白早知道

他抓住我们的弱点

编制了许多

在月亮上升的时候

吹起他的魔笛

玩弄我们的灵魂

走出灯光

走入月光

蝴蝶（一）

薄薄的
两片白片
叠合作　一片白片
又分为　两片白片
两片　轻轻地颤
闪起来　闪起来
翩跹　翩跹
从一朵到另一朵
从玉兰　到木兰
从丁香　到郁香
只选择
大地的甜和蜜

待到蜜尽时

决不吝惜

化作黑色的泥

熊秉明《人体速写》

蝴蝶（二）

两片白片

叠合成　一片白片

又分作　两片白片

两片轻轻地颤

闪起来

翩跹　翩跹

从一朵芬香

到又一朵芬香

只选择

世间的蜜甜

待花瓣散时

决不留恋

化作黑色的泥

花的蜕变

花的化身

花上的花

嗅觉的意志

嗅觉的激情

嗅觉的理念

只是

两片微薄精致的图案

还原成　一片

又分作　两片

两片　轻盈的颤

闪起来　烁起来

翩跹　翩跹　翩跹

从一朵香

到一朵香

只选择

春天里的春天
大地的蜜和甜
待蜜尽时
便
复合成一片
坦然地陨落
没有留恋

蝴蝶（三）

长，比象鼻更长
然而更灵巧、更精致
舒卷着，颤动着
为享用一切花之粉的芬馥浓郁
而设造的吸管

那是嗅知觉的智慧
那是嗅知觉的意志
香的狩猎
香的探险
蝶族的痴情
蝶族的意识形态

翩跹翻飞在嗅知觉的酣醉中

春天里的春天

里的　春天里的春天

直到

香的历程的尽头

冬　林

我喜欢走入深处去
更深处去
冬林　也喜欢
走入深处去
更深处去

曲曲折折
路已经草
草已经霜
不会遇见谁
但是　那边　好像
有谁　在等谁

踏着薄雪

在鸟的寂静中

在林的深处

好像有一个声音

有一个什么存在的感觉

1987 年 1 月 15 日

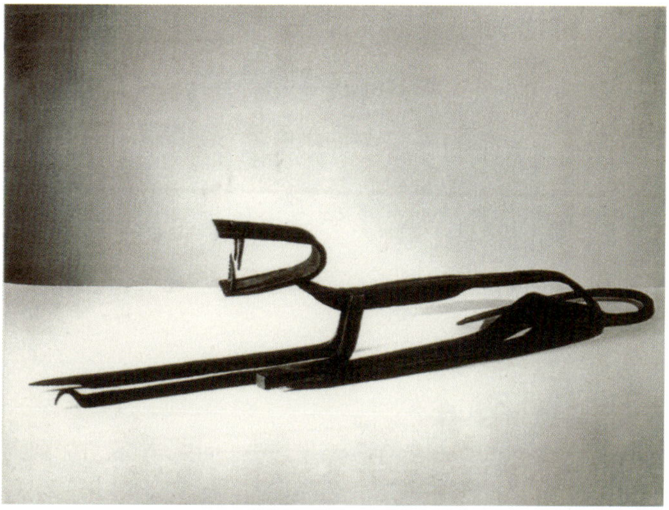

熊秉明 《狗》

月光里的故乡

月光里的故乡　明月了的故乡
故乡里的明月　故乡了的月光
从什么时候起
融在一片
月和乡
凝在一片中
乡即是月
月即是乡
圆了的月呵
月了的乡呵
注满眼里
溢出眼外

举头低头

时间已经迷茫

比头发还苍白

而且迷迷茫茫

熊秉明 画作

身体的女人（一）

身体的女人

软件系统的灵敏

心脏在红内以内　内燃

网膜在紫外以外　幻构

凹下的沙滩　和凹下的暖的印痕

凸起的海面　和凸起的浪头

地中海染蓝太阳

我飞入

鸥群的高的感觉

身体的女人（二）

女的　身体的

淡色　自由的变形

扩展膨胀的沙滩

弯成新月

大气把白鸟浮起来

鸟已经云

缓缓的山

暖暖的海

有无数的曲线

和无数的曲线

身体的女人

在波澜里

曲弯作鱼的姿势

熊秉明《人体速写》

透 明

从灰茫茫
到白茫茫
从半透明
到全透明
到黑钻石
我们在黑钻石中
形而上学

秋开始透明
冬更加透明
可以看见
林后面的林

山后面的山

晓阳后面的金黄

遗忘后面的思想

熊秉明《人体素描》

铺 开

她在换着

白色的被盖

白色的床单

白色的枕头

白色的远山

白色的湖

白色的牛奶

喷着白色的雾

白色瑞士的清早

给你这一杯水

给你这一杯水

　也许你是在沙沙沙漠里，而你渴了

给你这一杯水

　也许你是在闹市的中心，而你渴了

给你这一杯水

　也许你在发高烧，而你渴了

给你这一杯水

　也许你在喝多了苦酒的深夜，而你渴了

给你这一杯水

　也许你需要一点慰藉，而你渴了

给你这一杯水

　也许你需要一点希望，而你渴了

给你这一杯水

　也许你需要一点滋润，而你渴了

给你这一杯水

　也许你走累了，渴了

给你这一杯水

　也许没有什么理由，你渴了

家　书

昨天母亲来信说

　　我好

　　你好吗

我给母亲回信

　　我好

　　您好吗

二十年了

她只是这样写

我只是这样写

她只能这样

我知道她只能

我知道
她知道我知道
我知道她知道
我们究竟知道什么呢

母亲
我好
您好吗

孩子
你好吗
我好

注：

那是1968年前后，大陆正轰轰烈烈地闹"文化大革命"。我的父母在北京，父亲是数学教授，被定为"反动学术权威"，当作斗争的对象。父亲已经老病，步履艰难，母亲搀扶他去参加斗争大会，晚上陪他写交代到夜深。他们和国外通信便有“里通外国”的嫌疑，所以家书稀少，来信也缩短缩简，以免更惹罪状，信的内容逐步趋向诗中的那几句公式。有一天夜里，我睡在床上，忽然这几句话凝成巨大的图形，像冰山，立在极地的地平线上，冻结在胸口，使我无法再静卧，于是披衣起来，把它们记在一张纸条上。

第二天，看见桌上的纸条，自己也怔住了。

我那时在巴黎东方语言文化学院教中文，对初级中文也很感兴趣，觉得简单的句法别具奇异的魔力，似乎回到和母亲牙牙学语的童年，咀嚼到语言源起的美妙。我有意无意地尝试用最简单的语言写最单纯朴素的诗。我想做一个试验，就是观察一句平常的话语在怎样的情况下突然化成一句诗，就像一粒水珠如何在气温降到零度时突然化成一片六角的雪花。

第二天，自己也怔住了，好像看见一片小小的雪花。

同时我的心十分沉重，这清莹的雪花原是一滴水珠，原是我自己的眼泪。这雪花颇像中世纪《圣经》手抄本里绘着的十字架，架上饰着缠绕的花藤，花藤把苦难的象征装饰得很漂亮。

1969年父亲逝世，他没有能熬过“文革”。1972年我印了一本小诗集《教中文》，这首诗也选在其中，我没有做任何注释，只让读者自己去理会。是谜也好，非谜也好；是眼泪也好，是雪花也好；是藤萝也好，是毒草也好，我自觉是应该留存的自己经历过的历史痕迹。

在那个年代，儿子所盼望知道的是母亲还活着，在世界的那一边。母亲所要知道的也就是儿子还活着，在世界的这一边。我能禀告母亲的是：我好，我还活着。母亲能安慰我的也是：她好，她还活着。其他的一切，生活的情趣、身边的苦乐、大小的欲愿……都没有意义，都是奢望，都成虚妄，剩下的只有生死的相问。

母亲幸运，活到“文革”结束，活到父亲的平反。她在1989年过世，享寿96岁。

你在文章里提出了两个问题。这是一首诗么？你肯定地说是的。你又问：5个字的家书令人难以相信，母子之间怎么可能没有别的话好说呢？

你给的回答是：家书的字数也许不止这几个，但是其内容化约了，也就是这5个字便足以涵盖。在中国人的世界里，亲情含蓄不露，很有可能出现这样的家书。

你又补充：如果母子之间久无音讯，一切难以从头细述，只好用“我好，你好吗”来表达所有的关怀。

最后你说：“两句之间的大片空白任由想象，任由填补，一切尽在不言中了。”

谢谢你对这首极小的小诗的诠释，指出来大片空白，然而，你大概不会想到，在这大片空白里，要放进一个古老民族的史无前例的时代。

（选自第8卷《诗论》中《小诗里的空白》）

苦

妈妈

我不要吃

不好吃

苦的——

苦味苦到

妈妈的心头

妈妈

我不要吃

真不好吃

苦的

——苦菜的苦味

苦到

妈妈的心头

熊秉明《立马》

回 忆

春沿着溪水散步

夏沿着溪水散步

秋沿着溪水散步

冬沿着溪水散步

森林里我们的声音

摘山茶时的悄静

花间的泪

雪中的欢笑

啊 沿着溪水的散步

走进电梯

走出电梯

填写表格

打开护照

收好护照

……

我走向故乡

每一步　每一个动作

窗外的月

云端的月

箱子上的月

机翼上的月

月照着我

我走向故乡

1988 年

苹 果

孩子

睁圆眼睛

一会

看

怀孕的母亲

一会

看

桌上的苹果

突然

说

“妈妈，里面还有个小苹果！”

孩子说的

一　地　理

从海边度假回来
学语的孩子
站在抽水马桶前
跳着欢呼：
“爸爸，
海潮！
海潮！”

二 哲 学

妈妈削着苹果的皮

孩子睁大了眼睛看

“妈妈，

这里边

有一个苹果。”

三 算 术

孩子拉开窗帷：

“妈妈，

一个月亮。”

孩子走到另一扇窗前，

拉开窗帷：

“妈妈，

又一个月亮。”

他在月光里笑：
“妈妈，
一共两个月亮。”

四　自　然

我走，
我跑，
我停下来。
我走，
我跑，
我停下来。
“孩子，你这是干什么？
妈妈，月亮老跟着我。”

苍蝇
好爱干净啦
老在洗脸

洗手

洗翅膀哩

五　历　史

“妈妈

妹妹长大了

我要叫她姐姐吗？”

“妹妹

赶快上船来，

船要开了。”

于是

四脚朝天的凳子静静地

驶到

遥远的大海

变

有一个冰点

水变成钻石

有一个沸点

水变成山，变成马

变成羊群，变成一切

有那么一个点么，在哪里

言语变成诗？

我想知道

从什么时候开始

秘密在哪里

语言变成哲学

变成诗

劳作变成创造

行走变成舞蹈

心跳变成爱

有一个冰点

水变成冰

有一个沸点

水变成山，化成龙

变成白的羊群

有那么一个神秘的点

心跳变成了爱

眼睛变成笑

说话变成诗

有一个爱点

心跳变成火

眼睛变成笑

话变成诗

有一个冰点

水结成水晶

有一个沸点

水化成幻梦

水变成了纱

纱变成了神女、天马

以及一切可能的

水变成

天上的图画

有一个焦点

雨脚变成虹

雪 亮

他们的眼睛是雪亮的
他们的嘴唇是雪白的
他们不说话，而
他们的眼睛是雪亮的

他们的喉咙上的刀子是雪亮的
但是他们的眼睛是雪亮的

一杯水

它在黑铁和青铜之间
相异又相似
对比而一致

清澄空明　是智的
纯净单一　是灵的
平静安妥　是存在的
宇宙生命的源头
灵感的源头
水平线是一切建造的开始
比萨塔斜使我们不能
　　　　　　　安宁

它告诉我们大地的不震

它告诉我们海面的天文曲度

它在我们舌尖上

告诉我们生命的本味

　流过我

　流过你

流过我和你　流向

潮汐升降的海洋

我们暂时的禅定

偶然投胎的具形

是一头泥泞的水牛

是一只早露沾羽的水鸟

是一抹语言学到来之前

　　　　　　的微笑

归纳大地

归纳大地
于一只
早阳的
鸟
又从一只白蝴蝶
演绎出我及大地

夏已仲，已重
得像母体
一切都在膨胀
湖水溢出鸟声
溢出堤外，溢出

人的定义之外

秋之上的
形而上的
秋的存在
淡到没有一个字
然而
证明我思

时间冻结
空间也冻结
雪
我们于是透视
每一株树
的
本质

裹着大衣

在雪里踏

出时间和空间来

凝视

每一棵树

的顽强的

本质

熊秉明《堂吉诃德》

风

测度风的狡黠

描出风的形体

驯服风

听从风

诅咒风

和风一同笑，跑

以一只黑蝴蝶的风筝

给诗人

你热腾地叫

你强烈地叫，叫你的存在

存在在叫

存在叫

必愤如此，也必然如此

我已分辨不出，云雀在云中的尖鸣

是痛楚的

还是欢欣的

只是激烈地

在高山和大原上

越过风与雪

春与冬

童年与老年

你的声音

痛楚

而且欢喜

从诞生

谁也掩不了我们的口

我愿在你的

声音里溶逝

熊秉明《菜园》

春、夏、秋、冬
——有、是、所以、在

春

又有了山

又有了水

有了云

雨已经绿　苗

都在有中

有有的感觉

有有的喜悦

夏

是

在是的途中

渐渐　是

向密度

向圆度

更浓郁地　是

更实在地　是

更　是

更是　是

一个一个自己

秋

秋

所以

菊
　菊
　所以
　秋

然而
葡萄　红
酒

冬

雪思
故雪在

河在
大地在
远在近中
近在远中

人
在

1986年

注：

诗人不该为自己做注释的。当然也有例外，我愿意算作例外。我们之间相差了四十多岁，有些思想和情绪或者要做些说明，你才会明白，既然是自己家里的人，当作家常话去听，不必太认真。

这组诗大概哲学气很重，我自己知道，多少有点故意的。因为这些年头，我常读到评诗的文章，说某某诗如何好，因为如何形象化。我以为这是很错误的想法，形象化怎么成为诗的好坏的标准呢？“此中有真意，欲辨已忘言”有何形象呢？“无边落木萧萧下，不尽长江滚滚来”，诚然形象化，但其好处不在形象化，而在于刻画出来一种情景，或者说意境。没有意境，徒然描写形象，并无意义。

《春》和《夏》两首突出地用了两个哲学里的基本观念：“有”和“是”。

冬天长期阴暗，山隐在烟雾中，水藏在冰雪下。春天来了，山露出来了，河解了冻，水淙淙地流，人惊觉地看到“又有了山，又有了水”。云也不再是一块铅板压在头上，而有一圈一圈松松的、轻轻的、飞去的云。雨也有了，而且落在大地上，草木秧苗都笼罩在雨中。雨是绿蒙蒙的，有了草，有了苗，本来都没有的，现在都有了。这有也就是生命的出现，这生的感觉也即从无到有的感觉。“一切在有中”——仿佛有一个茫茫的“有”弥漫在天地之间，我自己也感到生命的新生，血流得畅快，呼吸也特别舒松。

我重新意识到存在于这个世界，所以有“有的感觉”。这生的感觉也是生的喜悦，所以有有的喜悦。

“是”和“有”的意思不同，“有”是“存在”的意思。“我家后园的墙外‘有’两棵树”指存在；一株“是”枣树，还有一株也“是”枣树，则指类别。春天一切事物“有”了之后，还要发展，要成长。开始，幼苗都像小草，胎儿都像蝌蚪，在发展中，就渐渐有了分别。是稻子的渐渐抽穗，成为稻子；是青蛙的，渐渐长了后脚，长了前脚，成为青蛙；果子开始都是青色的果，然而是李子的渐渐是李子，是苹果的渐渐是苹果。是苹果的越来越是苹果，它们并不一开始就是苹果，它们在“是的途中”，渐渐成长，有了苹果的圆、苹果的色泽、苹果的重量、苹果的芬香，它们渐渐“是”苹果，“更是”苹果。终于苹果是苹果，梨是梨，完成为一个一个自己的面貌，完成一个一个自己的生命，整个长夏中，经过阳光的焙烤、雷雨的浇溉，那是“是”的过程，“是 在是的途中”。

秋，人们都想到结实、收获，我把结实与收获当作夏的，“是的”阶段去了。作为一个中国人，想到秋，便想到菊。我，记得父亲，你的祖父，最喜欢菊，在诗人中他最喜欢陶渊明，秋与菊有了因果的关系、“所以”的关系。然而我的另半生竟是在西方度过的，西方的秋是葡萄的秋，看见葡萄的颜色，也就从而看见它变为酒的颜色、酒的醇味。

冬是一片悄寂、凝止。雪在大地上，似乎在沉思。雪在沉思时，雪也就静止不动。“雪思，故雪在”，这句话是从法国哲学家笛卡儿“我思，故我在”那里套来的。他对宇宙以及自我有怀疑，最后发现唯一不能怀疑的命题是“我正在思考”。我现在在思考，那么，作为思考主体的存在也是存在真实的了。但是我们也被迫想一些生命的基本的问题，这“在”是很抽象的，也可说是唯心的。冬天，我们没有耕种，没有浇溉，没有收割，我们作静观。尤其雪覆盖大地的时候，我们觉得一切被封冻。不过，河在，大地在，远方的东西轮廓分明，看得清清楚楚，近得似乎我在跟着。近的事物又冰冷瑟缩，不容我们去抚摸接近，似乎避开得很遥远。远方的人，我们想起来了，仿佛他们在附近。近处的事，特别是自己，在这些日子里，忽然用另一种眼光去看、去想，把自己推远了，冷静地分析、设想。

哲学上的一些基本问题就是“有”“是”“在”“所以”。“所以”有两种，一种是“因果”的“所以”，有某原因，所以有某结果，“冷到冰点了，所以结了冰”。一种是“目的性”的“所以”，有某种的“所以”，有某种行动，“我要出去踏雪，所以穿上大衣”。还有一种“所以”是“本质特征”的“所以”，因为某物有某种特征，所以某物为某物。

例如，因为这只鸡会生蛋，所以是母鸡，这里的“所以”属于第几种呢？

（选自第8卷《诗论》中《关于〈春、夏、秋、冬〉》）

不相识的形象

我又转过头
眼睛被牵绊了
有一个
不相识的形象

如果我走过去
如果我开口
如果我抚摸
如果我歌赞
那么
那么
……

冬

从迷濛

沉淀为半透明

更把半透明

升华为

透明

冬

在透明中

上升

无　题

他们再也拦不住我们了
从此
任何混凝土的牢狱
最粗的锁链
最现代化的电网
都再见了
我们已成为一缕轻烟
一朵轻焰
一个爆炸的声音
几个黑色的铅字
散布在
无线电的电波上

电视的光点上

深夜的窃语里

早春的浅草里

图书馆的书架上

未来者的歌里

我们将永远叫他们头痛

恐惧害怕

熊秉明《水牛乌鸦》

捣 衣

举起木杵

用力地击在

水淋淋的褪色的花朵上

击着河水的泪

流不尽，淌不完

用力击着

水的皱纹

石的呜咽

月的黄昏

麻木的大地

捣着水的呜咽

捣着心上的昏黑

月长照

月碎成

小女孩变成老妇人

熊秉明《落下的格子》

一片纯白的羽毛

一片纯白的羽毛
有一弯柔而健的弧
曾经是翅
在一千尺的高空
画精确的几何图
曾经是风
战栗着吹哨
曾经是金箭
反射太阳
曾经是云
轻轻地飘

如今栖在我的案头

它写我的故事

我写它的故事

它说

不

你先写我的故事

熊秉明《窗前书桌》

山 水

一

看见山

也听见水

看见水

也听见山

水在山里流

山在水里流

人也潺潺地

哗哗地

萧萧地

飕飕地

我在山里的水里

我在水里的山里

二

有山

有水

有云

有鸟

我在水心里

　在山腰上

　在云雀背上

　在云肩上

编后记

她扇着睫毛：

“你的中国话

怎么说得那么蹩脚啊？”

我挠了挠头：“这……这……呃……呃”

我要说

说我说不出来的

说出说不出的我的来

不我

不说

不出

不出……

扑哧地，她笑了

我多愿像她那样快活啊

真是明亮的坚平的整齐有逻辑性的牙齿啊！

熊秉明《人体素描》

琴 键

我的眼光射在朝阳上
我的眼睛冉冉地升起来
于是我看见
辣的泪水流在
黄河生烟的河床上
被割切的喉咙
开着
无声的玫瑰
失去手指的手寻找
更黑更哑更难听的琴键
各种残缺的破碎的
心搁浅在高原上

是昨天的化石

断了手指
的手如今回来了
又回到琴键上

1981 年 5 月 14 日

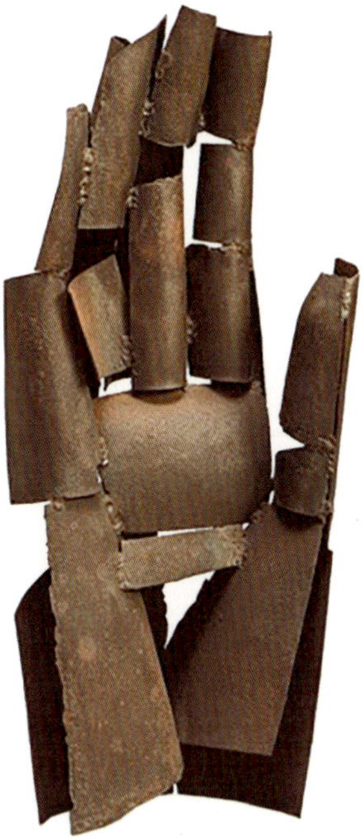

熊秉明《手》

好难的“了”字

过去

我看见她了

她哭了一夜

我劝了她一夜

她瘦多了

她擦了擦眼泪，走了

现在

下雪了

看，她来了

她又哭了

她伤心极了

未来

我不坐了

我得走了

没有话可说了

不要再问了

不要再想了

再也不回来了

昨天下了一夜雨

她哭了一夜

我劝了她一夜

她擦了眼泪走了

今天下雪了

瞧，她又来了

又哭了

她伤心极了

她说

谁也劝不住了

她没什么话可说了

明天她就走了

再也不回来了

她不想哭了

不再哭了

明天她就走了

再也不回来了

给世运的中国选手

同时

在北京

在台北

在世界上

同样的电视节目

一个中国人

　又一个中国人

　　又一个中国人

走上领奖台

摇健儿的臂

笑胜利的笑

中国人的笑

同时

在台北

在北京

在世界上

同样的电视节目

引出来

北京人的眼泪

台北人的眼泪

中国人的眼泪

数不清

全世界　多少

中国人的眼睛在哭

在笑

1984 年 8 月 3 日

瞧

一个裸体的姑娘在海水里游泳，

一个有胡子的男人在海波上走动，[1]

神奇中的奇属于谁呢？

上天所预言的奇迹在哪一边？

---

1 指《圣经》里耶稣在海面上走的一段故事。

好 天

在工厂大门口

工人猛地站住了

好天儿

扯一扯他的短衫

他转过头来

看看太阳

又红又圆

笑眯眯的，他心里的天可灰得像铅

他挤一挤眼

怪亲热地

“我说，大太阳，伙伴，

你也要不要脸

把这么样好的天儿

送给老板。”

熊秉明《双鹤》

第一天

橱柜里的是白垫单

床上的是红垫单

母亲肚子里的是孩子

阵痛里的是母亲

走廊里的是父亲

走廊在房子里

房子在城市里

城市在黑夜里

一声叫喊里掠过死

落到生命里来的是孩子

象 征

它象征虚，在众实之间

它象征柔，在坚硬之间

它象征明，在沉重郁暗之间

它象征流动，在凝固之间

它象征自然，在人的作为痕迹之间

它象征真，在寓言之间

是生命的源头，一切从那里来

是生命的灌溉，泥土的裂口得到合愈

流入葡萄，流入青苹，流入西瓜的红瓤

流入你的心、你的血、你的童年和初恋

我必须放一杯水

这是必须

它在展览会之中，所以有一个编号

它在展览会之外、之前，所以编号是0

如果这些铁和铜

泥土的记忆

飞翔的欲望

静止与跳动

都不能满足你的渴

那么请接受这一杯水吧

一滴水变作一朵雪花

一句话化为一句诗

雕刻了山之后

也雕刻水

裸体的水

卧成很自然的静止

卧成透明

老家的水牛

负重地迈行

本身便是沉重的负载

又负载着犁，负载着木轮的大车

负载着主人的苦难

1995 年 12 月 9 日

裸体的水

它的心是透明的

它的身体是透明的

它的歌是透明的

我发现的公式：

雕塑 = 童话 + 哲学

童话 = 哲学 + 雕塑

哲学 = 雕塑 + 童话

用你的手指捏塑着

形成的

是你自己的肖像

一群人

一副女体

一只兽

一个抽象形状

一个神

都是你自己

那一个公孙大娘的弟子

腾舞到浏漓顿挫

四座如山，而山也共舞

而她完成在

黑如江海凝清光

柔软如钢的四肢五体

拧成一个美妙如谜语的结

让我们在这里游牧

尼采的鹰和狮子

伊索的狐狸

安徒生的夜莺

鲁迅的（鸱枭）夜的恶鸟

屠格涅夫的麻雀和狗

庄子的大鹏和蝴蝶

看故乡红河水里浮沉着的水牛

鼻孔里喷着水雾

闪出小小的虹

真是快活的水牛啊

真是逍遥的水牛啊

和我们一同在红河水的旋涡中

　浮沉的水牛

和我们一同在早雾中

　振起的鹳鹤

我们会飞的赤脚啊

1995 年 12 月 10 日

黝

黑黝黝的乌鸦

飞在白色的雾中

唱黑色的歌

飞入我的铁砧

飞入我的焊火

冷立千年鹤

是哪一本诗集里的句子呢？

是哪一个深山古刹的禅修的句子呢？

是哪一个古代和尚的诗句呢？

想不起来了

其余的句子呢？

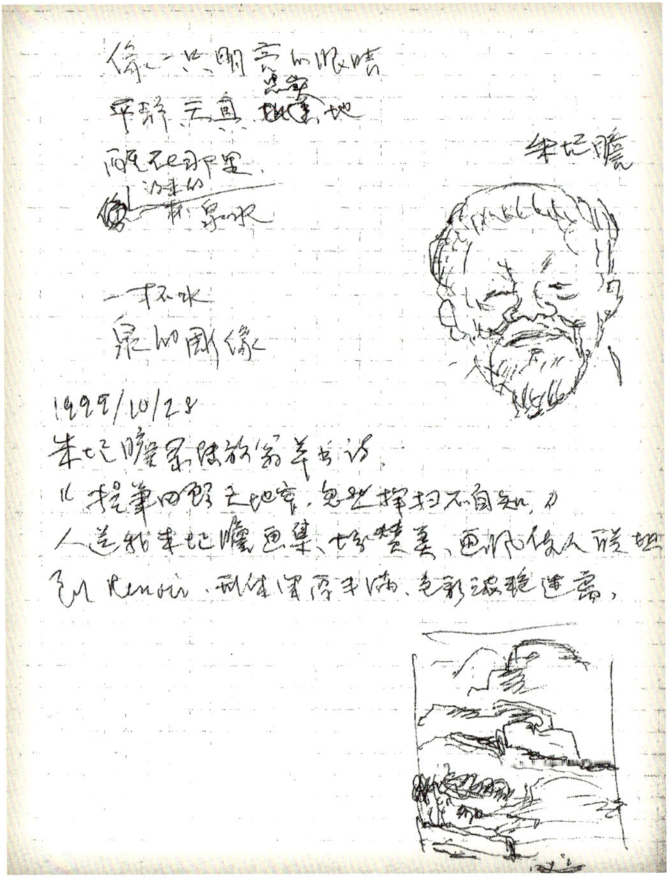

像一只明亮的眼睛
平静、天真、执着（忠实）地
酿在那里
（没有的）像一杯泉水
一杯水
泉的雕像
朱屺瞻
1999/10/28
朱屺瞻美术馆翁洋来访。
《提笔四野天地宽，急就挥扫不自知。》
人送我朱屺瞻画集，十分精美，画风像人说也
有Renoir、形体浑厚丰满、色彩浓艳迷离，

想不起来了
冷立千年鹤

老师八十岁以后送我的
中堂颜体绝句：
刀雕斧斫牛成形
百孔千疮悟此生
历尽人间无量劫
依旧默默自耕耘

老师过世久远了
笔意愈苍老了，墨色愈浓郁了
像一只明亮的眼睛
平静、天真、忠实地
醒在那里
汲来的一杯泉水

一杯水

泉的雕像

1999 年 10 月 28 日

附：

朱屺瞻录陆放翁《草书诗》："提笔四顾天地窄，忽然挥扫不自知。"

人送我朱屺瞻画集，十分赞美。画风使人联想到雷诺阿，形体浑厚丰满，色彩浓艳迷离。

朱屺瞻《万里云山》

雷诺阿 《阳台上的两姐妹》

教中文

“这是黑板，这是粉笔”地
教中文，有一天一个学生很同情地
问：“您这么教着，不烦厌了么？”
“不，——”我安慰她。
其实，我时常不免发生怀疑
而烦厌起来的。
似乎是为了证明“这是黑板，
这是粉笔”也是美的，大有含意
的，是文，是诗，我有意无意间
写成了这小集子里的东西。
教了十年中文，这留下给自
己看的一点痕迹，说是可笑，

说是可哀，说是自得，说是自

嘲，似乎都有着在这里了。

熊秉明《猫头鹰》

黑板、粉笔、中国人

十年以前我站在黑板旁边
说了一遍又一遍
“这是黑板
这是粉笔
我是中国人”
九年以前我站在黑板旁边
说了一遍又一遍
“这是黑板
这是粉笔
我是中国人”
八年以前
七年以前

……

三年以前

……

昨天我站在黑板旁边

说了一遍又一遍

“这是黑板

这是粉笔

我是中国人”

我究竟还有多少中国人呢？

我似乎一天一天地更不像中国人了

我似乎一天一天地更像中国人了

但有一件事是我确实知道的那是

我的头发一天一天

从黑板的颜色

变成粉笔一样渐渐

　短了　断了

短成可笑的模样

请你告诉我

我究竟一天一天更像中国人呢？

一天一天更不像中国人呢？

“这是黑板

这是粉笔

我是中国人”

熊秉明《笔架》

的（一）

翻出来一件

隔着冬雾的

隔着雪原的

隔着山隔着海的

隔着十万里路的

别离了四分之一个世纪的

母亲亲手

为孩子织的

沾着箱底的樟脑香

的

旧毛衣

的（二）

肤色

闪着

冬晨的初雪的

原野的柔和的

旋律的光泽

而你是夏天

肤色

闪着

冬天的清晓的

踏了初雪去上学的

波动的原野的
凄楚的光泽
纯粹的光泽
凄楚并喜悦

肤色
闪着
冬天的清晓的
踏了初雪去上学的
孩子心里的
眼睛里的
带一抹桃红的
白茫茫的光辉

而你是夏天

这儿和北京

这是桌子

一张桌子

我的桌子

　这儿　那儿

这儿是我的桌子

　桌子上有我的书

　　我的中国书

　一本　两本　三本

　大大小小的中国书

　古古今今的中国书

　厚厚薄薄的中国书

那儿　那边儿

那儿是　那边儿是

天的那边儿是

北京

北京的天

蓝色的天　黄色的天　红色的天

夏天　秋天　冬天　春天

十个春天

十五个春天

二十个春天　二十五个春天

那边母亲心里数着的

写字（一）

黑板映在孩子们眼睛里
我在孩子们眼睛里写字
写了又擦去
擦去了又写
写了又擦
擦了又写
有些字是擦不去的么？
我在孩子们眼睛里写字

写字（二）

雪人融化了

粉笔写的字也擦去了

孩子们唱着歌回家了

写字（三）

在黑板上
写了许多大大小小的字
人名和地名
经和传
诗和史
小说和剧曲
郁然　危然
黑底　白字
像一面三体古碑
但是　而且
碑面已经斑驳了　残坏了
漶漫了　消逝了

因为已经下课了

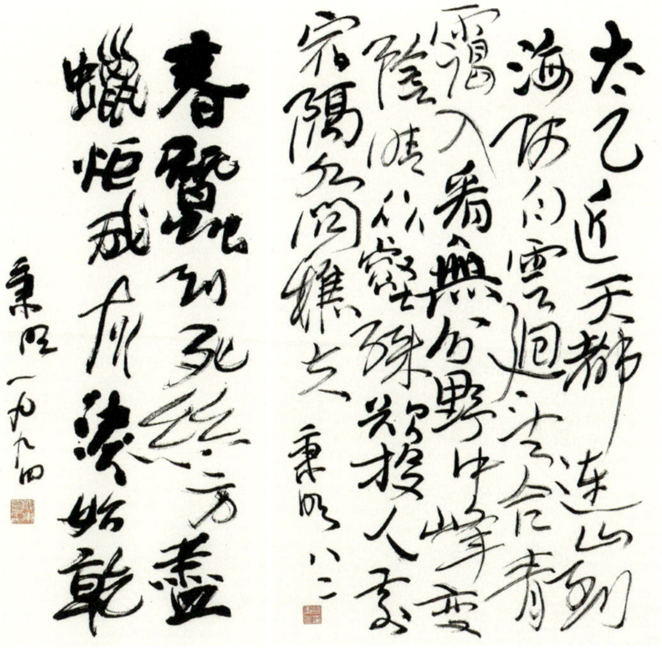

熊秉明书法

写字（四）

我打开电梯

我打开门

我打开电灯

我打开书

我打开信

我打开墨水瓶

我打开纸

窗户是黑的

纸是白的

窗户是黑的

纸是白的

珍 珠

我每天说中国话

每天说：

　这是黑板

　那是窗户

　这是书

如果舌头是唱片

大概螺纹早已磨平了

如果这几句话是几粒小沙

大概已经滚成珍珠了

1972 年 2 月

巴黎南郊宜尼枫园

指　路

一直走

穿过菜场　穿过牌楼

向左

再向右头一条街

向右

再向左头一条街

走过十字街头　走过电影院门口

　向左

向左第二条街

　向右

向右第二条街

　走过市政府　走过小学校

　向右

　向左

　再向右

　再向左

走过小石桥　绕过土地庙

　向右

　向右第二条胡同

　向左

　向左第四条胡同

一直走　再一直走　再一直走

你就自然会找到了

背　诗

——增字静夜思和减字静夜思

床前明月光

疑是地　上霜

举头望　望　明　明　月

低头思故　思故　思故乡

床前月光

疑地上霜

举望明月

低头思乡

床前光

地上霜

望明月
思故乡

月光
是霜
望月
思乡

月
霜
望
乡

信

昨天母亲来信说

　　我好

　　你好吗

我给母亲回信

　　我好

　　您好吗

心肝

妈妈，我冷

妈妈，我饿

妈妈，我睡不着

妈妈，我怕

妈妈，妈妈

趋向补语

——给她

她走过来了

云飞过来了

风吹过来了

潮涌过来了

太阳升起来了

她走过去了

蜜蜂飞过去了

雨飘过去了

水流过去了

月亮落下去了

连　词

——和 CY 的对话

既然——

　所以——

可是——

　那么——

　是吗　不是吗

　有呢　没有呢

　去呢　不去呢

因为——

一定——

不过——

也许——

语气助词

——约会

你来吧！

你不来吗？

你来呢，还是不来呢？

你一定来嘛！

说来就得来啊！

这可说定啦！

我准等着你呀！

下刀子我也来呀！

熊秉明文集 十

诗

Collected Works Of Hsiung Ping-Ming

图片说明

本书部分图片从有关书籍和网站中选取，特向拍摄者致谢。由于客观条件限制和时间仓促，很难一一寻找图片的作者，请有关作者与出版社联系，并提供足够的证明材料，以便及时支付图片使用费。

各卷文字说明

一　《关于罗丹：日记摘抄》

熊秉明一生所受影响最大的西方艺术家是罗丹。本卷收录了他关于罗丹的笔记和论文，不仅帮助读者更深地领会罗丹艺术，同时对熊秉明的艺术道路和艺术思想也会增加了解。

二　《看蒙娜丽莎看》

本卷收录了熊秉明先生的美术论文和随笔，展现这位艺术家不同寻常的艺术感觉和对艺术重要问题的思考。

三　《展览会的观念》

熊秉明先生关于展览会观念的思考，是他有关艺术思考的重要组成部分。本卷收录的文字，主要包括他由展览引出的艺术思考和哲学思考。

四　《中国书法理论体系》

本卷收录了熊秉明先生的《中国书法理论体系》。此书写作本于教学之需要，反映出他对中国书法艺术和理论的独特理解。本书曾由天津教育出版社于2002年出版。

五　《张旭狂草》

《张旭狂草》，是熊秉明先生有关书法研究的最为重要的著作之一，曾以法文出版，收入本文集，由北京大学哲学系宁晓萌翻译，杜小真审订。

六　《书法与人》

熊秉明是一位有成就的书法家，对书法理论有精深的见解，并且数十年里致力于书法的教学与传播。本卷收录了他有关书法的论文、笔记和教学课录。

七　《人体与山水》

熊秉明先生是一位有成就的雕塑家。本卷收录了他关于人体思考的文字，其中有关于西方艺术重人体、中国艺术重山水的比较研究。

八 《诗论》

作为诗人的熊秉明先生有关于诗的深入思考。本卷收录了他有关中国古代与现代诗歌的研究文字。

九 《砧边札记》

熊秉明先生有将自己随时思考记录下来的习惯。本卷收录了他有关艺术、哲学、人生的笔记。由手稿中录出，篇什多短小，却寓有深邃而富有启发性的见解。

十 《诗》

熊秉明先生是一位诗人。本卷收录了他的诗作，这些诗部分有时间记载，大多数未具时。所录之诗，除部分发表之外，大多是根据手稿整理，第一次与读者见面。